顗 編選

耘 著

停雲

粟耘散文選

歷史傳承古往今來，
書寫建構一座文學的城市

　　文學，可以被視爲是一座城市中，最具價值的永恆礦脈。漫步在巷弄裡的美好日常，百態生活在文人筆下變得立體清晰，遊走於歷史與建築之間，觸碰空間與記憶的標籤。臺南擁有絕佳的地理人文，先天豐沃的文化底蘊，多少作家借以筆墨書寫，吟詩作賦，淬鍊出城市裡不同質地的精華。

　　臺南作家作品集出版至今，已來到第十二輯，今年入選的五部作品，各自展現出獨有的生動氣韻：由王雅儀所編的《李步雲漢詩選集》，從詩人李步雲的人生經歷，到相關史料文獻的彙整，包括過去參與文壇活動的紀錄，並深入作品之中探究其詩觀及其特色，實屬可貴；由作家粟耘的夫人謝顥編選的《停雲——粟耘散文選》，在其編選的散文之中，處處可見夫妻兩人的相知相惜，以及隱居山林後的恬適日常，編選用心更留下無限感念與情思。

　　散文寫下作家最切身的經歷體悟，詩人以精煉的文字詞彙，爲詩句注入想像的力量。王羅蜜多一手寫小說，一手寫詩，這幾年嘗試不同文體形式的創作。睽違多年的詩集《解

剖一隻埃及斑蚊》，將他過往獲獎或遺珠之作，以及陸續對照心境轉折的其他創作，重新梳理後集結成冊。

寫出地方人情，城市風味的方秋停，成長的歷程與所見所為，都成為她創作的養分，《木麻黃公路》有著勇氣與寬容，愛與珍惜的各種點滴；將繪畫的色彩帶入創作，生命的廣度與藝術之美，成了郭桂玲寫作的獨特視角，用各種細節堆疊出人物的真情流露，《竊笑的憤怒鳥》更像是懸掛在城市裡，一幅幅令人傾心的小品畫作。

傳承古往今來，小說打造出生動的虛擬世界，要想進一步認識一座城市的美，得從文學開始。走進一座城市，探究城市裡的人文與精神，就能寫出靈魂的本來模樣，也能描繪出一個時代的輪廓與氣質。體悟生命的真諦，亦是寫作的本質，書寫歷史成為記錄，把社會的發展與環境變遷，化為創作題材。

若要建構一座名為文學的城市，就要從「臺南」開始書寫。無論世代青壯，作家們寫作採集的行為，不僅往城裡、城外去挖掘，甚至大聲談論各種真實的議題，讓這片沃土變得更加獨特鮮活。因為文學，我們再次看見了人，以及這座城市最真實的面貌。

臺南市　市長

黃偉哲

文彩筆墨如蝶飛舞，
打開書寫與日月爭光

　　四季如歌，風月秋花，歷史隨時光的流逝而沉澱，積累出獨有的文化底蘊文學亦是見證歷史的另一種方式，不同世代的作家，人人筆耕不輟，將自身的心境意念，抒發寄情於詩文、小說等文學體裁之中。

　　文人字字生花，如墨蝶在方格間翩翩飛舞，振筆疾書之際，更將自身對生命的感念，凝縮於書扉紙頁之上。創作需要恆心毅力，有時更是孤獨的。傳承先代前人的開拓精神，寫下對人生的觀照領會，以及對這片土地的情懷和感激。

　　臺南作家作品集是一長期的出版計劃，此系列旨於深耕臺南在地的創作能量，納入新舊世代的觀點，以及對臺南文學的展望與想像。每年持續出版多部精彩的作品，也為城市累積出更為深厚的文學群像。從地景、建築到歷史記憶，市鎮繁華的喧囂日常，沿海風和日麗的自然生態，這些城市的肌理也忠實地體現在作家的書寫之間。

　　今年選出的五部作品，分別為：李步雲著，由王雅儀所編的《李步雲漢詩選集》，內容以臺南麻豆出生，本名李漢

忠，詩人李步雲的漢詩作品為研究對象，大量收集完整的史料記錄，更將詩人的創作生平仔細彙整；粟耘著，由謝顗編選的《停雲——粟耘散文選》，集結粟耘過去數十篇的作品，如雲彩輕盈的文字，搭配墨彩的插畫，使文中有畫，畫中有文的呈現更顯珍貴。

　　詩人王羅蜜多的《解剖一隻埃及斑蚊》，已是睽違八年的華語詩集出版，詩人將過去十年累積的閩華語詩中精選，重新解剖並同時審視自己，創作的初心與起念；以自己的家鄉臺南來敘事，作家方秋停在《木麻黃公路》中，將往昔所見之種種變遷，轉為寫作的題材；從事美術教學的作家郭桂玲，將透過藝術之眼，寫下平凡之中不同的面相，《竊笑的憤怒鳥》也藉此傳達正向思考的生命態度。

　　以城市作為發展故事的藍本，作家寫下歲月的腳步，用文字紀錄著生活的氣息，嵌入內在情感與價值的作品，往往使人留下深刻印象。城市因人而有了溫度，人因體驗而有了更多的想像。打開書寫，創造更大的敘事舞台，這座城市的自由與廣闊，能與日月爭光，與萬物爭鳴。

臺南市政府文化局 局長

主編序
文學行道樹風景

　　二〇二二年第十二輯《臺南作家作品集》要出版了，這不只是臺南市的年度要事，更是臺灣藝文、出版界的盛事，因為臺南市政府累積十一集、七十餘本的成績，已經建立了優良的口碑。

　　今年徵選作品九件，通過審查予以出版者五件。其中兩件是評選委員推薦作品：《李步雲漢詩選集》、《停雲——粟耘散文集》，應徵作品入選三件，分別是：王羅蜜多的詩集《解剖一隻埃及斑蚊》、方秋停散文集《木麻黃公路》、郭桂玲短篇小說集《竊笑的憤怒鳥》。這些作家（含推薦）的共同特色，就是著作豐富，且都是各種文學獎項的常勝軍。

　　《李步雲漢詩選集》，由國立臺灣文學館研究員王雅儀主編，全書六章，除了從李步雲（本名李漢忠，1985～1995，麻豆人）約一千七百首古典詩作中精選五百六十首以饗讀者，還蒐集了照片、發表紀錄、日記、研究篇章等相關資料，甚至做了文學年表，是一本相當完備的研究資料集。

李步雲生前活躍於吟社，其詩亦多屬擊缽性質，個人感懷抒寫性情者雖少，但亦為嚴謹之作，頗有可觀。

《停雲──粟耘散文集》由粟耘的夫人──散文作家謝顗選編。粟耘（本名粟照雄，1945～2006）是臺北關渡人，中年後居住麻豆。早年即以「粟海」之名馳譽畫壇，書、畫、文，都著有成績，出版著作二十餘冊，曾獲金鼎獎和優良文藝作品獎等。他的文字簡淨而意境深遠，在日常生活中靜觀萬物事理而自得情趣與妙旨，物我渾融的情境讀之令人悠然神往。

《解剖一隻埃及斑蚊》，作者為府城資深畫家詩人王羅蜜多（本名王永成，1951～），選錄其二〇一二迄二〇二一年華語詩七十一首。詩人在二〇一五年後，轉向關注臺語文學，以臺語創作詩與小說，也頻頻獲獎，特別是兩種文類都曾獲臺灣文學獎，為臺語文學的豐富、發展，貢獻良多。他追求寫作的自由，自承：「在華語創作中紮根，在母語寫作中得到解放。」寫作的質與量，都是老而彌壯。

《木麻黃公路》，作者方秋停（1963～），除了臺灣各地方文學獎如探囊取物外，幾個重要文學獎：林榮三文學獎、吳濁流文學獎、梁實秋文學獎、時報文學獎等也都收在她的文學行囊中。本書收其近十年散文三十四篇，她的作品與她生活的時空、經歷的人事結合很深，「為愛與感動不停

書寫」、「寫出值得記憶的愛和感動」是她的創作追求，也是賦予自己的創作使命。

《竊笑的憤怒鳥》，作者郭桂玲，是臺南知名的美術教育工作者、插畫家、繪本作家。跨界寫作，也繳出亮麗的成績單。本書是她的十篇短篇小說創作集，寫作動機來自生活或聽聞的觸發，題材則多與藝術創作和教學相關。作者的創作理想是「透過藝術的追尋或學習」提升生命的境界。對於文學創作，她致力「傳達正向思考的生命態度，兼寫臺灣城市之美與特色」。

臺南作家作品集從種下第一棵樹到今天，已經蔚然形成文學城市的行道樹風景，迎風展姿。站在今年種下的這五棵樹下，左顧右盼，願這排行道樹能蜿蜒到遼夐的遠方。

國立高雄師範大學國文學系退休教授　李若鶯

目次

輯一

輯二

輯一

竹橋上的獨思

　　庭前有一竹橋，是我自己搭的，可行，亦可坐。我最愛坐在上面，背靠著欄杆，腳踝伸過橋面，孤懸虛浮，眼前青山綠樹，腳下白水黑石，人在橋上，天地不著，有如脫身世外。

　　居住山中，並不孤，但很清寂。

　　山中花樹雲靄，隨時變易，繁華的程度，有甚鬧市；真正可清寂的，只有這一顆心。

　　可以閒適，可以優游；閒適優游，緣於自心，但它應該是熱的，不熱，怎能深切領會？

　　一顆熱的心，似乎只允許清，而不容許寂。

　　水動便濁，但我們要能動而清，便非得徹頭徹尾的清澈不可，任石阻草浸，也污損不得。到這般田地，才能真的自在。

止於清徹，便眞能自在嗎？

空山之中，敬謹守護這一團烈焰，祈生生不息。

草盛豆苗稀

　　野草真多啊！

　　入山前，想的是一山的清寂。

　　入山後，漸漸要面對往日居住城市時未有的景況，鋤土、劈柴等等，都一手攬下，慢慢的，胳臂壯了些，笨重的鋤頭也輕快幾許。可是，獨有野草，生生不息，真是了無止期的奮鬥！

　　一片荒草地，用鐮刀砍，用鋤頭掘，用鏟子挖，把野草連莖帶根翻了上來，直到夜幕低垂，才拖一身疲憊入得山齋，草草沐浴一下，倒頭便睡。

　　第二天，有的地方種菜，有的地方種瓜，有的地方種豆，用手拭拭汗，滿心期望未來。

　　可是，隔了幾天，野草竟然長得比菜還高。真應了陶淵明「草盛豆苗稀」的詩句了。

讀詩有距離，臨到眼前還能欣賞這份美，就要有幾分修持。

　　可是，我不行啊！只好除草。

　　如此反反覆覆，除不勝除。

　　將全山打成水泥地，不就得了？

　　設若如此，何需居山？

　　如此一想，猛覺野草原來就是山的一部份，回頭再看看它們，便覺幾分可愛了。

　　久而久之，漸能青草與蔬菜等量同觀，若疏懶幾天，重涉圃園，「草盛豆苗稀」，竟也能信口吟哦了！

鷲

　　竹橋小立，頭上突然一陣清涼，一抹陰影越溪而過，
我知道，這是鷲，低飛的鷲。

　　只要是晴天，山便有鷲，振翼攬空，百鳥迴避，咻咻
高鳴，不知是遨遊自得？還是孤寂哀啼？

　　鷲軀甚大，展翅數尺，眼光凶利，嘴如鋼鉤，令眾鳥
駭懼。平日獨飛，鮮少邀伴同遊，為了保持一份自由，寧
願領受這一份孤獨。

　　屋後山峰，垂直聳立，有一枯樹，無葉無枝，獨出群
綠，如一隻巨筆，高標山巔之上。一天，偶見樹上多一黑
點，似葉似鳥，用望遠鏡觀之，不覺赫然躍起，原來是一
隻棲息的大鷲。

　　鷲啊！鷲，竟然孤高如此，就是棲息，也要尋這麼一
株傲立山巔的枯木！

以後，便常見大鷲停在枯樹上，有時展翅騰空，有時斂翼歸來，風起風止，隨牠喜愛，姿勢之雄美，令人嘆爲觀止。

　　一、兩個月後，心血來潮，偕妻汗流浹背的登上山巔，可是，找來找去，竟然不見枯樹。最後，才在下降一、二十公尺的地方，看到一樹橫出的枯枝，形狀相似，才知山齋所見，因角度關係，眾樹隨山勢而上，只此枯枝獨出空中，便誤以爲孤立山頂。因悟大鷲並非固擇高枝，只是隨宜而棲罷了，豈像塵中濁人，喜以高下自表呢？

尋梅

後山的梅花開了。

幾番寒流，濃碧的山巒，添了許多紅葉，反而熱鬧起來。現在，如雲如煙的梅花一夜間忽然綻放了，一片皎然，像畫上的留白，它不是空著不畫，而是描得千樹萬樹，只為襯這一方素潔，憑著這一片空白，反更顯出造物者高明的畫境。

去年錯過花期，現在，雖亦無雪可踏，也要仔細體臨它的風采。

待近得身來，才知道這塊白，其實不空，古往今來，不知費了多少筆墨，也描不了它的真實。

破墨是幹，銳筆是枝，輕鉤是瓣，小小圈一下是苞，至於地上那零零點點的，便是令人不忍踐踏的落英。

梅花之美，不在於色，因其一片素白，就是嫣然紅梅，也不如白梅引人。也不美於形，因為幹太粗、枝太細、花太薄。但你身處梅林，閉上雙眼，便覺滿心冰清，塵埃盡去。這時，幹的古樸蒼勁，枝的年少英挺，花的謙沖飄逸，一發令人脫胎換骨起來。再看看四周，任遍山花樹，都顯得形色多餘，心識濛混了。

　　友人來書，曾問嶺上梅花開否？因摘取幾瓣，返得山齋，封入紙箋，等那天下山寄去，希望友人收到時，還聞得到那不濃不艷，甚至幾近草味的清香。

雄木瓜樹

庭前有一棵木瓜樹。

它只會開花，不會結果，縱使結果，也只是小小的而且不會熟黃，它是一棵雄木瓜樹。

開始是毫不起眼的，沒想到，不久之後，就變成一棵比人還高的樹了。

樹長高了，葉子也多了，花朵更像戴珠鑲玉一樣，綴了滿頭。

花多，蜂蝶就多了。

樹越長越高，花越來越多，大概空山所有的蜂蝶都來巡禮了。

每一位上山的村人都勸我們砍掉，因為它既不能結木瓜，留它何用？

我們捨不得一樹花，捨不得各色各樣的蜂蝶。

可是，木瓜樹還是不斷的長，我們心中有了隱憂。

因為，由於它的生長，越多越大的葉子也擋了我們的視野。

「開門見山」的福氣越來越薄了，就連那方遼闊的天空，也被擠壓得只剩下一方小角。

終於忍無可忍，我把它鋸掉了。

現在，青山碧天，都映入眼簾，連屋子也亮麗了許多——一切又回復本來的樣子，好像從來不曾長過雄木瓜樹般。

但是，心中那番為了割捨而烙下的深痕，卻久久不去。

芋葉的困惑

屋側有一方小池塘。

有一天，水塘中央長出了一片綠葉，鮮嫩無比，非常美麗。

最初，只是捲縮成手指大小而已，後來，葉面舒展開了，居然寬闊標挺，惹人喜愛。

慢慢的，又長了一片，又長了一片，三片芋葉，大小不一，高低錯落有致，實在為水塘增色不少。

由於它只是長了漫山遍地的不能食用的野芋，所以，我幾次想拔掉它。

前兩天，水塘的一角，又長出了兩片芋葉。

這兩片芋葉卻是妻子丟下的小芋頭長出的。

看看這兩種芋葉，只是在缺口處，一種斷裂到葉心，一種在葉心處尚有些微相連罷了，實在沒什麼兩樣。

我釋然了。

　　留不留它，全是爲了美觀與否。可是，爲什麽與美感毫無關係的可不可食的實用問題，卻會蒙蔽我的心田呢？想想，不禁赧顏了。

化石

連月霪雨，難得艷陽天。

我把藤椅搬到庭院上，戴頂斗笠，背著陽光，坐在那兒儘情的曝曬，手裏有書，一頁一頁翻去，竟也忘了天氣，忘了周遭，也忘了自己的存在，以至木然不動了。

許久許久，似乎聽見遙遠的地方有人吆喝，一次又一次近了，猛然有悟，將眼簾略為上揚，原來是妻在窗口輕呼多時。

她不是怕吵我看書，而是怕驚走木瓜樹上的藍鵲，她是要我賞鳥的。

藍鵲原本懼人，只要稍見人影，便早早飛去，可是，這一次，卻無視我的存在，依然聒噪而興高采烈的在樹上啄那已經熟透的木瓜。

藍鵲真的怕人嗎？

大概是害怕被攻擊吧！

可是，牠們怎麼敢撲向在風中搖擺的枝枒？

也許，藍鵲也有慧心。牠能辨識搖動的樹木是自然的一環，所以無須戒惕。

靜止有如化石的我，大概也像自然的一環，所以也無須驚懼。

那麼，千萬年下來，人的行為是否已變得和大自然完全脫節了？

想到這兒，也不容我不像化石般的木然了。

木瓜與小鳥

妻摘下一個木瓜，上面鑲著一顆凹下去的小星星。

這顆小星星，是小鳥的嘴喙，一次一次啄出來的。

屋前的這棵木瓜樹，在我們入山以前就有了，而且果實纍纍。

每當木瓜成熟的時候，小鳥便三、五成群的飛來啄食，還又蹦又跳的，吱吱喳喳的亂叫，常惹得我們躲在屋子裏欣賞。

有時候，摘取木瓜，會成為一種內心的斟酌，甚至於是交戰。因為木瓜也有較緩黃熟的時候，如果，僅有這麼一個熟瓜，是要摘下來吃呢？還是留給小鳥？

有時候我們贏了，有時小鳥贏了，取捨之間，並沒有什麼一定的標準，只是隨我們一時心性罷了。

這實在是很不公平的。

因為，彼此都不是播種者。

這個鑲著星星的木瓜算是我們幸而救下來的。

可是，小鳥呢？

牠們一定會說：「啊！平白失去一個木瓜。」

石桌下的小桑樹

　　竹蔭下，我砌了一張石桌，它是我們露天下的書房與餐室。

　　不久，石桌旁長著一圈嫩苗，過了幾天，便成為可掩石桌的雜草了，只好除去。

　　可是，在用手拔草的時候，好像觸到一枝較為堅挺的梗子，原來是一棵小桑樹。

　　桑，它是樹，不是草。樹的孤挺和草的猥瑣，原本就是給人產生天淵之別的不同觀感。

　　因此，我在黃泥地、白石桌的景觀中，獨留這一株綠意。

　　這樣的景觀是很美的，可是，桑樹還會長，很快的，便長得太高了，甚至破壞這一份美的氣氛。

　　我們只好很不情願的砍了它。

這是去年的事了。今年春天，石桌下又鑽出一片桑葉，我們有如見故人的歡欣。現在，桑樹又高於石桌，又是生氣盎然了。

　　桑樹是天真爛漫的成長著，卻把將要面臨的存續抉擇的痛苦留給我們。

農夫的手

曾看過一位農夫的孩子寫的詩：

「爸爸的手指頭，

長著厚繭，

又粗又結實，

好像腳趾一樣。」

這首詩，給我很深的感觸，但當時僅止於意會，直到移居山林，才真正刻骨銘心。

這兒的村民，不論男女，每一個都是農人。鋤頭、圓鍬、鐮刀，是他們不曾或離的伙伴。木柄已被他們的汗水滲出古銅般的色澤，他們的掌心，更裹著一層層厚繭，指紋深邃而破損，像黑陶時期，先民描繪的拙重線條。

我們平日操作農事，不論墾土劈柴，都要戴著粗棉手套，就是如此，手上也常會磨出水泡。可是，村民們在

在都是空手以赴，我曾看到一位年約五十的農夫，他一面砍除芒草，一面將銳利如刀的殘葉隨手抓到一旁，看他的手，一雙厚繭，已是天然的手套了。

記得有位學生問舞蹈家，手上的燈籠舞起來很不俐落，怎麼辦呢？舞蹈家說，不要以為燈籠是另外的個體，把它當作是手的延伸就好了。

而農夫，是真的自手延伸出手套來。這具手套，要比舞燈籠更費多少工夫，才能煉成的啊！

花之湖

今日下山，走到半途，不期然歡欣雀躍起來。因爲，
我們在叢林中瞥見了花之湖。

自山徑往下看，草木中分出了一面明鏡，深綠色的鏡
面上，漸出微微的波光來。越近，明鏡越明，越遠，明鏡
越廣，像是一塊亮麗而又深厚的冰場，眞想挽足而下，又
怕踩碎那一份清寂。那是我們半山腰的小湖。

可是，小湖今天不一樣了，它著了美麗的新裝。

過了這一棵油桐樹，湖面泛了一朵朵素潔的白花。
再經過一棵油桐，湖面的白花增多了，我們欣悅地飛奔下
去，油桐樹一株一株的，光一般的閃逝，到了臨湖的地方，
湖面全部呈現出來了，但那不是昔日的湖面，湖上綴滿了
千朵萬朵白花，空中還不斷的飄下花朵來。

這是花之湖。由於山多油桐，到了油桐花開的季節，滿山滿谷都是花，而花的精粹，都匯集到這片小湖了。

　　湖面是那麼平，那麼靜，花兒是那麼白，那麼亮，我們霎時都怔住了。

　　還不止此，花兒還不斷的隨著滿溢的湖水，流過石壁間的過道，洩下直立二十公尺高的斷谷，變成了花之瀑！

　　花之瀑，你見過嗎？我們立於一旁，看白色的水珠與白色的花朵相爭而下，不知多久，衣衫竟自濕了！

飛起的白花

　　清晨，放兩隻羊到油桐林裏吃草。

　　油桐，正是落花的時節，林下的狼尾草、美人蕉，及各種低枝上，全掛滿了白色的油桐花。

　　沒風的時候，油桐花是一朵一朵落下來的，像一絲絲斷續的曲線嫣然而下，飄到那兒，便到那兒，落在高枝上，落在低草上，或是地上，是全不計的。

　　我牽羊入油桐林的時候，拴羊在樹的時候，不斷有白色的花朵，像影子、像幻覺一樣的，從眼角餘光處若有若無的飄下。

　　一陣偌大的山風吹來，整個油桐林醉也似的搖晃著，油桐花更如雪如絮，整個兒拋了下來。

　　我的腳上、肩下、頭上不斷點著花朵，四周更是綿綿密密，我是完全浸潤在花海裏了。

突然，有兩朵花兒在落到眼前時，猛地往上飄起，瞬間詫異之後，我欣然的笑了，原來，牠們是兩隻白色的小蝴蝶，在一片白色的群舞中，亦步亦趨，雙雙飛昇，直到眼不可及的花霧裏。

盛花的玉盤

　　白居易的「大珠小珠落玉盤」，總覺得音律清亮，而餘韻不足。視覺上來說，則見雕琢之工而少自然之趣，但是，由於吟哦多年，早已順口可出，雖心存微隙，卻無法穿其窗櫺，更得新機。

　　那一天清晨，我坐在庭前的柴堆上，無所思，亦無所見。時朝陽初透，鳥似未醒，只覺空山寂寂，既無塵埃，也無音色，不知何時，一輪翠綠的玉盤竟悄悄的呈現在我的眼前。玉盤上，盛著滿滿的白色小花，哦！不只一輪，一輪又一輪的，竟然是一大片盛花的玉盤，有的已被花朵壓低了口，斜了一角，新落的白花飄在玉盤上，又順著斜口，像清泉一樣的滑下來，直注到鋪著嫩茵的草地上。

　　那是盛著油桐花的野芋葉，平常看多了，不特別醒眼的野芋葉，現在竟整個兒脫胎換骨起來，在朝氛縹緲之

中，素潔的蓮、清放的荷，竟都要謙讓幾分了，那綠葉中的白花，特別鮮明而婉麗，或聚或疏，各有蘊致，我竟然低下身子，想要聽聽花落的聲音。颯！那麼輕微的，幾不可聞的聲音，竟是這麼淡雅而又深明，此景，尚可用眼觀之，此音，卻不是只用耳便可以聞之的，它是要用全部靜止皎澈的心靈，才可以諦聽些許。

　　白居易若在，將何以詩之？

飄落的油桐花

　　油桐花是夏天的號手，春天才去，便鼓動濃密的油桐葉，掀得漫山如醉如癡，只要入得山來，誰也躲不開那逼人眼中的白花綠葉；那白，是掩天蓋地的白，那綠，是千尋深碧的綠，相互不肯靜止，誰不燃起心頭熱絡的火？

　　可是，最熱絡的，還是飄落的油桐花。風兒將枝頭輕輕一抖，第一朵油桐花飄落了。說油桐花落，是斷不能形容為飄零的，因為它一點也沒有悽惋的殞命之感，反而是充滿歡欣的鮮活。油桐花落的時候，是落落大方而又饒富韻致的。

　　寬寬的花瓣，是毫無瑕疵的素白，尖尖的花心，是輕輕的一點嫣紅，像降落傘一樣，整朵整朵的飄，它可不願任風支使，而是駕風為翼，細密的一振一低，迴迴轉轉，

很有節奏的飄旋下來，好像輕指微扣，劃過多條並排的琴絃，既恬然閑適，又使人無暇辨識琴音。

　　一朵花落是一指劃絃，那麼，十朵、百朵、千萬朵的油桐花落，誰能想像出那是多麼豪闊的交響樂呢？誰又能體會到，那滿山滿谷的花飛花舞的美麗景象呢？

　　油桐花落的美，還不止此，這時，草原上、山徑上，都鋪成花之茵了，就是山澗水塘，也變成花之泉、花之湖了。你只要在屋外走一圈回來，關上門，不期然，髮上、衣上的油桐花，便先你飄落屋中，在地上端著素淨的小臉，愣著你笑。

霧花路

　　瘋戲的落了一陣子花，五月過後，油桐也要歇息了。

　　今天下山取信，卻看到沿路泛著一層薄霧。滿地的落花大半枯黃了，幾與泥同色，有許多還是淹在離地不過半吋的霧層裏，渾渾濛濛，甚爲羞赧矜持；有些未枯的花朵，其素潔之姿，落在薄霧上，反似白紗綴玉，特別的幽靜皎美。

　　這層薄霧倒底是什麼呢？有人聽過霧只是順著路面，沿途敷上那薄薄的一層嗎？

　　我彎下腰來，還是看不出究竟，以樹枝拂之，它便跟著樹枝的拂勢消失了，露出泥土本色的線條來，寫什麼字，它都照實的映現著，分毫不爽。

幼時在沙灘上寫字是一種快樂的遊戲，相信誰都有這個經驗，可是，在霧上刻字，這不是連詩人也無法滋生的夢想嗎？

我不斷的以枯枝劃地，突然，我悟到了，這層白霧，原來是落花枯萎後，因潮濕衍生出的霉菌。這層霉，竟然沿山道而下，斷斷續續不下數百公尺。多麼不可思議的花之祭呀！

回首來程，沿途隨著我們走過的痕跡，一個腳印一個腳印的褪去了白霧，呈現出泥土的原來色澤，我們竟然駐足無語，不知是要惋惜薄霧的消逝，還是欣慶山徑的再見天日呢！

思無之思

炎炎夏日，才上午呢，太陽便曬得滿庭發燙。竹蔭下可是清涼的，竹梢兒還盛著夜裏未蒸的珠露，就一張籐椅、一杯茶、一本書，便覺人間天上。

青山靄靄，涼風習習，隱約間，鳥聲蟲聲滲入字裏行間，古老的土牆屋裏，山妻鼓絃的琴音也浸潤了過來。闔了書，無思無感，聲聲入耳，竟不覺有半點聲響，隱約間還透著一份恬靜。

想聽，是萬籟乍響。

不想聽，是空山靜寂。

借用前人的句子，倒如斯景斯境。

寒山在心，空山亦自在心

記得在鬧市時，門前車水馬龍，喇叭聲與引擎聲不斷，入夜才得歇息，常為煎苦。一日，忽然通體明透，雖

是日正當中，卻噪音俱止，只覺天籟驟響如雷，卻寂寂如浸寒素，過了不久，車聲又起，然天籟依舊，兩不相妨，而心神若息，皎然無垢。

　　在市如是，在山亦如是。我說的，是市可為山，山也可為市，純乎心境使然。

　　想了想，笑了笑，書也不曾看得，鳥聲也不曾聽得，清風也不曾領會得，卻見妻靜坐一側，原來她琴課早已完畢，書已翻看數頁了。

　　沒抖淨一身塵埃，山居的思想，也只是胡亂一場罷了。

黃昏之舞

　　山齋老舊，柱樑多遭白蟻噬蝕。

　　黃昏的時候，我突然發現一方小窗內，有許多黑色的東西在相互擠壓著、掙扎著，拚命鑽出細密的紗網，迎著夕陽，奔向天空。

　　仔細一看，才知道那是長了深褐翅膀的白蟻。有了翅膀，白蟻的命便不長了。但是，這是牠們第一次可以離開那漆黑狹窄的孔道，振翼高飛。這是多麼高興的事呀！以其得來不易，以其時間不長，更要倍加珍惜，一分一秒也不肯遲延的，不惜踩著同伴的軀體，鑽出幾無法穿身的紗窗，奔向稍縱即逝的殘陽。

　　白蟻在空中亂飛，不！應該說是狂舞，數目之多，幾可遮天。緊接著，一隻隻墜下來，留著新折的透明翅膀，像薄薄的菊花瓣在空中漫無目的飄浮著，這是令人欲語無

告的悽美之舞。在它們的陰影下，那墜在庭中的白蟻本體，有的已精力耗盡，只等安息，有的還用那幾隻細小的腳，苦撐著肥膩無用的重軀；其他的，也不過是在無聲無息的步向那短暫的唯一小徑罷了。

我坐在冰涼的石塊上，把頭深深的埋入兩膝之間，眼睛若無所視的對著不及方尺的地面，感覺到，一隻一隻蠕動的生命靜止了，一片一片菊花瓣飄下來，覆蓋上去，直到最後，無可抗拒的巨大夜幕，把牠們、把我、把整座山、整個世界都深埋了為止。

小螃蟹的天地

　　早晨起來，在浴室裏，看到一隻指甲般大的小螃蟹，不知怎麼爬進斜靠牆腳的臉盆中，戲著一窪殘水。

　　牠是那麼優游著，這一片不過手掌大的水塘，竟是令牠心滿意足的大千世界。牠一下子浮出水面，一下子沉入水底，有時爬向盆壁，沒兩步便退回水裏，然後又向另一邊爬去。如此週而復始，動作始終是那麼緩慢，那麼無憂無慮的。高興時，還會在水中抖著腳，像在跳節奏輕快的舞蹈。

　　我看了許久，竟忘了盥洗，更不忍佔用臉盆，索性蹲下來逗著牠玩。

　　我將手伸進水中，觸著牠的身子，起初，牠是一動也不動的，我用力些，牠突然迅即游開，一面用那兩隻幾

不可見的小鉗子攻擊我的手指，一面反覆的向兩邊盆壁爬著，攀爬的速度雖然緩慢，卻一刻也不停息。

這時，我才知道，這個小水塘不但不是牠的樂園，而且是無情樊籠。一再攀爬是為逃離囹圄，動作緩慢是因為盆壁滑潤難上，靜沉水底是倦累後的歇息，八肢抖動如舞是勉力掙扎。

以個人的想法推斷別人，有時雖心存善意，實已造惡，不禁對自己的無知感到羞愧萬分；我惶恐的趕緊將小螃蟹放在屋外的水池裏，只見牠一下子就鑽入密不透氣的泥層裏了。

地上的窗花

　　午覺醒來，見了一地窗花，不禁心生喜悅。我說窗花，是不錯的，可是，為什麼在地上呢？我說窗花，是不對的，因為，不但沒窗，甚且也沒花。

　　秋日西風起，今日西風偏狂，沙沙一陣響，油桐葉便辭了枝，一片一片飄落下來，空山中，數前庭最平，平得像紙，攤在午後的陽光下，便是窗櫺上雪白的棉紙，枯萎的，形狀卻多變的油桐葉，像花朵一般，一朵朵的貼了上去，這不是窗花，是什麼呢？

　　講飄舞在半空中的葉子，油桐是談不上什麼美的。它雖乾枯了，由於葉積大，還是頗為厚重，遠不如飄竹的輕盈飄逸。可是，一落到地面，竹葉就怎麼也跟不上油桐了。

　　由於竹葉輕，落到地面，還是經不起微風吹拂的，只要有些風，便可像拂塵一樣，把竹葉拂到邊邊去。也許在

牆角，也許在石旁，也許在樹下，畏畏縮縮的擠壓在一處，想起往日它那神采飛揚的韻致，實令人不忍卒睹。

　　油桐葉正好相反，因為又大又厚，生的時候只能靠本身強勁的生命力吐出的濃綠引人好感，待秋日來臨，西風一起，辭枝便落，直墜到地，絕沒有任何文人騷客青睞的。可是，一旦落到地上，凡是吹不走的，竟然或疏或密，編織出如此美麗的圖案來。我愛竹，也愛油桐，生與死，死與生，它們呈現的面相竟如此不同，我的心境，也竟如此差別了。

日日春

　　屋前有一小小的花圃，種了三、四株日日春，七八朵小花在曼陀羅、繡球花和金光菊間，無愧無怍的迎風款舞著。

　　記憶中，日日春是我最早知道的花名，是我父親告訴我的。那時候我才小學五、六年級，每天上學要走四十分鐘的路，其中，有一半正好和父親上班的行程相同，我們便一起出門，沿途笑談，那是一段快樂的時光。

　　父親上班的地方，矮牆下種了一排小花，高二、三尺，花朵的樣式，分成五瓣，薄薄的紅挨近花蕊的地方勻些淡紫，不很精緻，更不鮮麗引人。他們始終在矮牆下，欣欣然的歌詠著生命，絕不想到爭一席名位，或期有朝一日，供作瓶上插，以禮金佛，以耀盛典。

父親正是這樣的一個人，從沒聽過他要做一番出人頭地的事業，只是按日工作，既不抱怨日子的單調，也不厭煩生活的枯索。有時候，還會哼著自己隨興而編的短歌，每當他外出歸來，人未到巷口，便一路點著頭，灑灑落落的笑著抵達家門，連鄰居都像染了一番喜氣，整條巷子，如吹來一陣和風，映了一抹煦陽，一下子，全舒活起來。

　　可是，隔條巷子，就沒人知道他了，像這幾株日日春，來山造訪的朋友，難得有誰看到，或著意一提的。因為它總是處在小園一角，兀自領略生命的喜悅，兀自哼著自編的短歌。

忍不歸去

山中生機最多，殺機也最多。

不提植物，單說動物好了，樹林間、草叢裏，就是明著在地上爬行的昆蟲，不知有多少，因此，一個不慎，一條生命便歸烏有。

土裏鑽的有蚯蚓、盲蛇，草中藏的有蝗蟲、蟋蟀，說是農樵恬然無爭，躬身其中，才知無時不爭，無處不有殺戮。

闢一塊土，揮鋤動鐮之間，不知多少生靈塗炭，每次看到破碎蟲屍，心殊不忍。僥倖躲此一劫的，故園已殘，只有流離失所。最不堪卒睹的，是鳥巢蜂窩蟻穴，隨草木而倒，或遭鋤頭擊碎，或遭鐮刀中剖，鳥蜂爭飛，群蟻慌逃，怎能教人釋懷？

名山寶剎，僧侶墾植，必常遇見這種現象，佛戒殺生，不知如何化解這般疑慮？

　　十多年前，我曾造訪某處佛國名山，見登山石階上，有甲蟲殘骸千萬，來往僧尼視若無睹，踐踏而過。我請教一位師父，他說，軀殼因有生機才具生命，既無生機，便如廢土。這樣解釋，我是不懂的，只好再問他，佛說眾生平等，蟲屍如土，那麼，人屍是否亦可踐踏，他不語。

　　他不語，我參不透，既參不透，只得折返紅塵。現在，居住山中，日日豈只踐踏蟲屍，實更不斷殺生。山居萬般皆好，只此使我惦記無蟲鳥草木的鬧市。

　　真是參不透、悟不得。也許，那天衝得過這一蒙障，才能真的安處山林吧！

芒花秋訊

廚房外，老覺得繞著一層煙。

不是舉炊的時候，怎麼有煙呢？

天氣晴和，無雲無霧，怎麼會有煙呢？

每次總要這麼疑惑一下，才轉出去看，當然，那不是雲霧不是煙，而是立於小坡上的一叢芒草。

一般人愛芒，往往單指白茫茫的花而言。其實，它並不純白，帶點焦黃，頗像古稀老人的髮色，也許更像老人的鬍鬚吧！雖呈老相，卻絕無老態。

風一吹來，左右晃動，真的如煙波游移，淡幾欲無，卻又不折不撓，像苦苦守節的儒將，也像放懷世情的高士。

廚房前的芒草向我們報了許久的秋訊了，可是，我始終懵然不覺。其實，並不是不覺秋，漫山樹木已葉落枝

枯，秋意是早侵得的，而是，始終不曾想到，這叢芒草和它的同伴。

今晨早起，推門一望，竟然漫山泛白，而且蠕蠕浮動，像泛著微波的海洋，更像輕嵐飄忽，煙雲升浮，千萬芒花，一夜間全放了。

這才知道，造物者的鬼斧神工。不過，低頭一想，也不盡然，一點一點抽出思緒。啊！這些芒花，其實早就飾了滿山了，只是平日不曾著意，雖然廚房前的芒草已早早報訊，庸人自閉，有何可言？

菁芳草

　　菁芳草，名字真好聽，樣子也很可愛。

　　它的顏色，並不是逼人的翠綠，而是很恬和的淡淡的青，悅目極了！它的葉子對生，兩朵兩朵像小小的圓鈕扣似的繫在一起，有的莖上，分出幾不可見的黃白小花，羞答答的，惹人憐愛。

　　它長得又快又多，空山裏，往往是一片一片連著長去的，加上我們的偏好，除草時，絕不會輕易動它。

　　可是，它實在長得太快了，有不少地方，放眼看去，綿密得像一張毛毯，涉足其間，幾乎連踝淹沒，竟成為我們不敢輕易到達的禁區。

　　不能太放任，還是得設法剷除些。由於它長得實在好看，名字也好聽，使我們以為，它必是芳香可口，草食性的獸禽一定喜歡吃的。

但事實出乎意料之外，我們養過雞、鴨、鵝、火雞、羊，平日，牠們雖四處閒走，但逢到連續的雨天時，我們還是會特地弄些食物放在籠裏給牠們吃的。可是，每一次，牠們總是把利得刮人的草葉吃得精光，獨留柔嫩的菁芳草！

　　己之所欲，施之於「人」，也不見得能博取歡心的。

　　是啊！如果牠們喜歡吃菁芳草，怎容得此物遍山滋長呢？愚鈍如此，枉擲心機如是，也無從怨尤了！

蕉風疑雨

　　自從種了幾株香蕉，山中便多了不少雨。

　　香蕉樹很美，也很熱辣。

　　樹幹是不曲不阿，凝潤雍容，亭亭玉立，所以美。而葉子寬闊如幟，隨風翻飛，盡情盡性，甚至葉面裂損，亦不稍斂，所以熱辣。

　　蕉葉不但大，而且綠，一片又一片，放眼望去，直如綠火沖天。綠色本怡人養目，可是，這般毫無間歇的綠法，只有令人驚嘆。

　　而蕉樹最引人的，還不在於它的形與色，出乎意料的，是聲音。

　　和人一樣，任何草木都有它們的語言，微風飄拂，颶風狂掃，或是人為踐踏，利器砍伐，喜怒哀樂各有不同。香蕉樹當然不例外，尤其是大風起兮的時候。

只要風起，蕉葉便舞了，隨著風速的加劇，更是愈舞愈狂，眾葉互打，啪啪之聲不絕於耳。最初，我們還以爲天降暴雨，風雖不小，卻見窗外驕陽高照，想不出所以然來。

　　推門而出，尋覓良久，仍舊找不出答案。水聲不是如此，何況山泉如絲，只有些許殘水而已；風聲呼呼，亦非如此，而草叢樹竹，亦只是沙沙瑟瑟，更無它音。直至轉到蕉林，見綠焰如濤，聲疑驚浪，才明白，雨聲源於此地。

　　烈日聽雨，眞是一番奇景了！

昆蟲的翅膀

在麻竹叢裏，我看到一隻飛翔的小蟲。

不！應該說是飛翔的翅膀。

這對翅膀真是大啊！不但大，而且閃著亮光，相形之下，小蟲暗淡瘦小的身子，幾欲於無了！

飛了一陣子，小蟲休息了，降落在石頭上。

小蟲飛的模樣是活潑自在，生動有趣的。

可是，當牠降落的時候，這副使牠充滿生機的大翅膀竟成為一項大累贅。

小蟲著地了，剛收好一張翅膀，便失去重心傾向一邊，尚未站穩的幾隻小腳，掙扎了好一陣，才穩住身子，才能把另一張翅膀收齊。

這時候的小蟲，一定想過要把笨重的翅膀丟下吧？可是，沒有翅膀，牠怎麼飛呢？

小蟲依賴翅膀，當牠要肆意飛翔的時候。

小蟲煩苦著翅膀，當牠要靜心休息的時候。

翅膀，成為牠苦與樂的同一根源，如何應用，是牠一生的的課題。

人之軀殼，不也如此嗎？要如何將它應用到收放自如、了無阻礙的境地呢？

小蟲張開翅膀，又飛翔了！

牠並不曾思想，飛的喜悅，止的煩惱，都不留痕跡，要飛便飛，要息便息，翅膀並不是另外的存在。

數花

　　剪過的金光菊，熬過許多時候，禿莖抽了芽，壯了葉，含了苞，現在，在冰風瑟瑟，許多樹耐不住寒，紛紛葉落枝折的時候，它的花，卻全放了。

　　金光菊名雖不甚雅，信達二字，是不錯的，中心一點蕊，放射出光芒也似的金黃花瓣，是一種喜悅與朗麗的象徵。

　　開始，是在枝頭的頂端，綴了一點一點墨綠色的花苞，然後，一點一點掙出參差不齊的嫩花瓣，瓣兒很小，眞是嫩得可以，像幼兒的稚齒，長長短短，雖不整齊，也談不上美觀，卻逗人喜愛。

　　隔幾天，花瓣兒長全了，十幾道金色光芒輪成一個耀眼的圓。一忽間，才發現到這兒那兒，全是花了。

有一天，我竟數起花來。有幾朵呢？一、二……十三、十四……二十四、二十五，竟有二十九朵之多！

　　明天，我又數了。有四十幾朵。

　　後天，我再數，竟不知怎麼數了。

　　花雖增加不少，但真正不好數的，是有的半謝了，有的花瓣才從花苞中掙脫出來的，這些將放將萎的花，你怎麼數呢？

　　猛然間，將自己拉回三十幾年前的一個夜晚，看到自己指著天空忙不迭地數著星星的小手，不禁失笑起來。

剪取芒花做瓶插

　　庭前的一截需雙手合抱的樹幹，中間挖空了，本是一位老伯用來放飯鍋的檯子，當他遷離住了數十年的山林時，送給了我們，現在，成為我們的花瓶。這個三尺高的巨大花瓶，是無底的，既不能盛水，當然，也不能養花。不過，它可是道道地地的花瓶，因為，上面插了一大束已插了三、四個月猶不改容顏的芒花。

　　這一束芒花真是大，至少有百來支。空山的芒花是不缺的，每到秋冬季節，花樹時常凋零，獨有它生氣煥發，如煙如霧的覆了一山。若是清晨時候，每朵芒花都成明鏡，映得無邊無垠的白，而且，白得不逼人眼，溫溫婉婉，直貼你心。

　　村人說，何不做掃帚呢？剪了一大束，妻果真做了一隻掃帚，蓬蓬鬆鬆，頗為好看，可是，使用起來，地上的

塵埃雖掃盡了，芒花的種子反而到處飄揚。一旦將掃帚上的種子篦除乾淨，則太稀疏柔軟，缺少彈性，無法使用了。

我說，別做掃帚了，看我插花吧！再剪了一大束，往這截空木幹一插，便妙趣天成了，種子是不必管的，偌大空山，任其飄落吧！庭前樹多青碧，加一束淡白芒花，正好成了最佳的補色，稍嫌清寂的山齋，一下子便溫暖起來。

友人來，心嚮往之，也想剪一束回去，可是，插在那裏呢？在纖塵不染的都會住宅裏，一粒細砂都不容的，怎奈得芒花的種子四處零散？

剪取芒花做瓶插

花牆

　　說它是花牆，原本是不正確的。其實不過是一排綠葉，上面覆雪也似的輕輕鋪了一行花罷了！與其說是花牆，不如說是綠葉，亦或是葉牆。

　　就是因為它綠得太重、太密不透氣、太沒變化，不但擋了後面的山樹，似乎連空氣也阻了，它實在是一片討厭的牆，因此，我決定剪枝。金光菊已經夠能長了，可是，長得再快，也敵不過花剪，咔嚓幾下，綠牆便矮了幾尺，零亂的枝葉躺了滿地，倒像一片斷垣，但這低低的小牆，並非殘壁。整整齊齊的延過去，像長滿細草的土墩，更像新理的平頭，雖不甚有美感，甚至令人發噱，至少，也還我青山，還我白雲來，因此，且忍今朝，且由它去。

　　可是，世事不如意十之八九。你擾了綠牆的秩序，它就扭起來了。從此，芽便亂插，長短曲直，胡亂囂張起來，

有的守住莖根，有的直指高空，有的掩入庭院，一點章法也沒有，修了幾次，枝葉更亂，最後，我只有服輸。

　　冬來了，空山之中，比人高的花，只數它和扶桑花了。可是，扶桑靜如處子，那像金光菊潑剌潑剌攪了整個天空。從地上一尺到一丈之處，全是耀眼的金黃，真是名副其實的花牆。所幸，花莖抽得太長，葉也分散，牆後山樹，反不爲遮，可以感到空氣自由來去，這樣的花牆，是美麗又可愛的。當北風吹來，千百朵花凌空飄舞，輕若遊雲，不！它不是牆，而是一簾透紗的花幕，這倒是始料未及的快意了！

剪枝難

現在正是金光菊盛開的季節。

庭前的金光菊，似乎一夕間全放了，金黃色的花瓣，一輪一輪的，像許多小太陽，映得滿園泛彩，風吹的的時候，花朵枝葉之間紛亂追撲，惹得全山都搖動起來。要是風再大，則搖晃無止，由於枝又長又軟，兩人高的花枝可以壓得幾乎委地，百花糾纏，往往忘失歸路。

庭側小徑，是上下山必經之地，正好有枝金光菊，承不住許多花朵，也承不住許多山風，深深的彎下來，卡在別的枝間，時間久了，宥固其形，再也回不去了，便在五尺高的地方橫住路心。

我們不忍剪去，每次上下山，總是欠腰而過。時間久了，覺得這似乎是自然現象，像穹蒼低伏，也像穿越矮門，任由它去。

前一陣子種桂竹，因此，鋤草的時期，日必經此小徑，必穿此低枝，本來不算是麻煩的事，現在卻因扛著鋤頭與草耙，穿梭甚為不便，曾有剪去這枝金光菊的念頭，可是，左思右想，還是忍了下來，就再為花折腰吧！

　　今天早上，原本靜寂的空山，突然聽到人聲嘈雜，原來是到了採橘的時候了。山上諸多採橘人，他們都得經過這條小徑上山，都曾低身穿過橫空的金光菊而入啊！思及此，頭腦還沒理出頭緒呢！身子早已拿著花剪奪門而出，一點也不考慮的，將這花枝剪了下來。

燒草記

　　這一片野草，又長高了，高得足可淹人，和妻丟個眼色，我們都笑了，明天，又是個勞動的日子。

　　鐮刀、鋤頭、腰酸、背痛，是連著來的。

　　好不容易砍光了草，好不容易曬乾了草，已是一星期以後的事了。

　　除草是苦事，燒草卻是無比的樂事，好像山胞長年辛勞後，痛快淋漓的豐年祭！

　　乾草分成數堆，塞進報紙，火柴一劃，烈焰便起。火舌一處比一處高，青煙直上雲天，若不是山巒阻隔，相信十里外皆可見，古時烽火臺，不知是否農人獻策之功？

　　夜幕垂了，青山、白雲、藍天、綠樹，漸次黑了。草堆也一個個消失了，熄了，最後，只剩下一簇火了。這最後的火堆，是全山最後的光，因著這光，近樹還可見，近

景還可辨；在肆意揮霍之後，我們竟對這日益縮小的火塚，無端珍惜起來。

　　火舌更低了，低得顧不得樹，也顧不得景了，冷風吹來，哆嗦一下，我們自火堆中抽回視線，才知道，四周都黑了，天上，連一顆星辰也沒有。

　　火，終於完全熄了！

　　我們緊扣的心扉，反不為這一隅光源所繫，完全開展起來。不再為隆起的山脈阻了距離，不再為老去的天空縮了光陰，愛怎麼想就怎麼想吧！這黯然無光的世界，竟是無邊無涯無阻無礙的靈床。

信賴的源頭

居山最不慮無水，卻也最怕無水。

不慮，因為千萬草木都是凝汁的神祇，聚雲雨，採霜露，一點一滴，匯成細流，沿澗而下，便成清泉。

會怕，是無溝渠盛納，水便各自分散，不成甘霖。還有令人怕的，是人為的疏忽，如山居有果園，噴農藥及施肥等等，皆需引山泉之水，便是大忌。

所幸的，我們均無此憂。

我們有魚池，往日鑿魚池的人，更在其間用磚砌成小塔，自圍一圈源頭，縱是魚兒擾亂一池濁水，此一小小源頭亦是清澈見底的明潭，經水管引至齋中水槽，便是上好飲泉，是真正無垢無雜的自來水。夏日沐洗，清涼潤酥，爽適無比，若沖泡解渴，上茗固增馥香，粗茶亦可加味，友人來山，莫不讚羨。

但是，好景不常，今年竟連續幾個月枯旱，魚池水位降得很低，我們也就涓滴不得了。

　　魚池之水不可得，我們便他求水源。屋側為小渠，乾旱的時候，渠水只差勝於無，總是若隱若現一點一點瀋下來。必須在屋後上方數十公尺的溝窪中才能引入山齋，供我們飲用。

　　這一方小水窪，便是我們的源頭。山上多橘園，橘農噴藥施肥，亦取此窪之水，他們使用的時候，一定會事先告訴我們，並將水管移開，使我們不慮汙染。意外的，這小小的水潭，竟也是人與人之間相互信賴的一處源頭。

屋角的仙人掌

　　不知為什麼，明知它有刺，還是種它，還是歡歡喜喜的種它。

　　曾在南部小鎮，看到一處農家，稀疏的竹籬湧著一簇綠，卻又無花無葉，還探出幾個小圓頭，就近觀看，才知是仙人掌。

　　竹籬無門，我們走進去欣賞。仙人掌甚為偉壯，它層層相銜的莖，油綠肥厚，尤其是臨近根部的土黃色主幹，更是粗碩如柱。它堅挺的針葉，幾乎有人的手指長。沒見這麼大的仙人掌的，我們向主人要了一節，攜回空山栽植。

　　這一節比手掌大些的仙人掌插在屋角，不曾特意照顧它，春去冬來，不過兩年吧？竟幾與人高了。今年夏天，還綴了滿樹黃花。我們喜歡它的不蔓不枝，明快爽朗。

可是，屋側有一條小路，平日不走，卻是通往我們飲水的水源地，有時水管被枯葉阻塞了，便得前往清理，每次經過那兒，總會被扎幾下，有時不覺，俟晚上洗澡時，腿上突發刺痛，原來長刺穿透褲管了，劃了一道鮮紅的痕跡。這時候，我總會擺出一副無奈，作個鬼臉，或打個哈哈自遣一下，卻從不曾想要除去個禍首。每次空庭小坐，看到那叢翠綠，還是如對新生兒似的，百慮皆忘，歡欣莫已。

逐日而讀

　　不當野人，怎知日曝之美？尤在金風含冰的秋冬時節，尤其是在杳無人跡的空山之中。

　　屋前的竹橋，是接通兩岸的孔道，右邊是山齋，幾枝竹、幾棵杉，幾個山頭。左手過去，是一方小園，日日春、滿天星、波斯菊、百日草等等，之後是油桐林，油桐林後，山山樹樹，就不知幾許了。

　　這兒的視野最好，因地位特殊，除非必要，沒有人會過橋的，因此，橋面始終非常乾淨，它便成為我們常常徜徉的地方。

　　吃飯、閒坐、閱讀，都常常和妻二人啟開柴扉，逐走竹橋。尤其是秋冬時節，因為天寒，屋子長日覆在樹下，甚為冰涼。而秋冬的陽光最溫煦，竹橋四周，有樹，蔭卻

不濃；有陽光，面積不大，正好相互為輔，因此，竹橋上，順理成章的，成為我們的圖書館。

　　要是在有樹蔭的地方讀久了，時久寒侵，我們就把腳移到有陽光的地方，攝些暖意。如果還不夠，便整個兒移到陽光下，並以身遮書，免得書面太亮，有傷眼睛。可是，太陽是會昇落的，陽光也會移轉，我們便得跟著遷徙。

　　最初，我們常常追不上陽光，往往身子打個寒顫，才知蒙蔭已久。到後來，便很自然的跟隨了。有時猛然抬頭，才知已由橋的那一頭搬到這一頭來了，逐日將近兩丈遠而渾然不覺，書之醉人可謂不淺啊！

母子情深

　　農家的屋簷下坐著一對母子。

　　母親的頭髮有些白了，包著頭巾，穿件棉襖，兩手貼在衣服裏，兒子則穿著黃卡其的學生服，低著頭，兩手在大腿裏。

　　這是臨時的車站，他們在等車。我也是要搭這班車的，挨近他們，坐在同一張板凳上。

　　早已過了上學的時間，小弟弟怎麼還在等車呢？

　　我問他幾年級了？沒有回答，他的頭依然垂著。我又問幾歲了？還是沒有回答。

　　他的母親用拼拼湊湊的國語跟我說，兒子十四歲，唸小學五年級了。語意間，似乎還頗為自得。

十四歲才唸五年級？其實，我以為小弟弟很小，才一、二年級呢！忽然之間，我想通了，小弟弟似乎是智能不足的孩子。

　　我噤聲不語，可是，忍不住再看小弟弟，再看看這年已半百的母親。

　　不是因為好奇，而是，我感覺到他們之間有一種特殊的氣氛吸引著我。

　　是的，這種氣氛很特殊，是那麼優美與溫煦。只見這位母親以無限慈藹而滿足的眼睛端視著小弟弟，好像他剛剛得了滿分，當選了模範生似的。

　　孩子的臉我一直沒看清楚，但是，我知道，在他母親的眼中，那是一張永遠看不完的好看的臉。

樹鵲的狂歡

　　午覺醒來，耳朵盡是嘎咕嘎咕的鳥聲。我知道，這是樹鵲。可是，怎麼這麼多，又這麼響呢？好像是一陣狂歡的聚會，難得一聞啊！

　　步出山齋，只見四周的樹林中彈出許多黑色的點，齊齊的射向菜園旁的一棵桑樹。樹鵲真是一刻也不安靜，不斷的在枝葉間跳來跳去，此時無風無雨，群山皆止，只有這棵桑樹，身不由己的抖顫著。前面的枝才彎下來，後面的枝便拋得高高的，此起彼落，不曾間息。本已向陰的天，雲更濃了，遠樹皆逝，背景是一簾白，這棵桑樹，便像活動的剪影，一波一波的搖晃著。哦！是桑椹熟了！每天都要涉足菜園，都要從桑樹下經過，竟渾然不覺，還要樹鵲告訴我呢。這是野桑椹，我挺喜歡吃的，果粒小，汁略甜

而帶澀。在山裏，不知何時落了一粒種子，無人關顧，兀自長成了，不像人工蓄意培植的桑果，那般肥大嬌麗。

可是，樹鵲越來越多，不斷啄食我喜愛的果子，我竟不憂，反而益發高興起來。我直直的站在門前，眼直直的盯住牠們，樹鵲更多了，幾乎 要填滿枝葉間的空隙了！

突然，我感覺到頭上也彈出幾個黑點，疑為屋後的山波又奔出樹鵲了，定神一看，原來是飄落的竹葉，俯視地上，已是竹葉滿庭了！

庭前飄竹，是每日必有的，也是我素所喜愛的景觀，平日常逐葉飛翔，不知所以，可是，今天怎麼視若無睹，還疑為樹鵲呢？

不太清楚的磨刀石

正在整理東西的時候，突然聽到咕啊咕啊的怪聲，怎麼可能呢？所整理的，是書籍紙張之類的，不會發出這種聲音的，仔細諦聽，原來聲源在於屋外。將頭探出窗子，果然是一位村農在庭前磨刀，他磨得很專注，咕啊咕啊的聲音，也就一波又一波的傳送過來。

我們庭前有一塊相當大的磨刀石，是以前住在鄰山的老伯送的。

其實，說是他送，並不太正確。前年，他要搬走的時候，曾把一大堆帶不走的東西送給我們，餵豬用的木槽啦！瓦罈啦！有些，還是他想丟棄而被我們要來的。唯獨有一塊磨刀石，他沒提起，我們也沒看到，就這麼錯過了。

老伯搬走一年後，我們有一次散步，經過他那間行將傾頹的土屋，發現了這塊磨刀石，料想是他不要的，便抬

了回來。直到有一天，他因思念故園，回山來玩，發現磨刀石不見了，便來追問，我們當然照實說，並言明如果他還需要，立刻抬回原位。

老伯滿口堆笑說不必了！

就這樣，不太清楚的，我們便有了這塊磨刀石。山上草多，村農上山，總是帶把鐮刀，都事先磨快了的，今天這位村農，大概忘了吧！發現我們庭前有塊磨刀石，便問也不問一聲，大大方方的磨將起來。

如此不太清楚誰屬，卻能盡其所用，磨刀石，想必樂意為之吧？

不太清楚的磨刀石 　　089

一扇珠玉

　　茱園裏儲水塘，本來是挖成飛鳥的形狀。

　　頭與喙向前，尾巴向後，翅膀高高揚起，這些面積都很小，純爲裝飾，眞正能夠儲水的地方，是鼓著渾圓胸膛的身體。

　　剛挖好的時候，不免自我陶醉，不論烈日當空或細雨濛濛，興致一來，便一個箭步衝去茱園，一覽風采。

　　可是，久而久之，到處都長滿草了，也曾認眞的整理過好幾次，後來疏懶了，不知什麼時候，草已足可埋膝。「飛鳥池」的翅膀呢？頭呢？尾巴呢？全消失了！

　　有一天，我發憤整理，除完草，才發現枯草腐土將這些面積較小的地方堆得差不多了，乾脆，搬來泥土把它們填平了，最後，飛鳥只剩下扇子般的身體了。

現在，我們喚它扇池好了，扇池的水是用管子從山澗引過來的，有時水急，便水花四濺，噹噹作響。

　　黃昏時候，太陽將斜，我們又涉扇池，突見奇景，滿池水珠，有飛越的，有飄游水面的，有自水底浮出的，每一粒都在動，每一粒都在舞，映著晚照，每一粒都出奇的亮麗晶瑩，有的還泛出七彩的色澤，真是一扇珠玉啊！

　　原來，由於水塘的形狀改變，引水管的位置也改變了，正好合上這樣的角度，產生這樣的奇景，雖然沒有飛鳥，焉知不是塞翁失馬之得？

歡喜心

　　爲了搬一些柴，來來回回在山徑上走了好幾趟，什麼都忘了，山不曾看，樹不曾看，只有汗透衣衫，只覺肩疼背酸，不！連這也忘了，忘了自己，忘了木柴，簡直像一個無感無知的軀殼，一步一步的過渡著。

　　喳！

　　忽然，有一個奇怪的聲音，我停了下來，仔細諦聽著。

　　喳！

　　又是一聲，是鳥嗎？不像。是殘枝墜落的聲音嗎？也不像。接著，又喳了幾聲，但這個時候，是什麼聲音，對我已變成不重要了！因爲，我找回了一山的靜寂。

　　本來無知無感無動無靜的世界，突然還我一個全然安謐的舒暢，雖身負重柴，卻如脫肩而去，我能看樹梢

翻飛的葉子，我能看偶穿草叢的鳥雀，我竟身輕如許，信步無疑。

眞是奇怪啊！無聲的時候，物我都消失了，來了幾記聲音，反能點回幽靜，一種有我而忘我的自在。

我終於找到聲音的源頭了。

在綿密的橘林裏，隱隱約約的，有一個晃動的人影，是橘農趁著春日剪枝。

剪枝的工作一定沒有挑柴累，可是，我覺得，我比橘農閒適多了。

清晨的圃人

　　說圃人，實有點僭稱。我們雖然擁有一方小圃，也種了些菜，可是，所種的菜，零零落落，很不上道。不過，能做圃人，尤其做清晨的圃人，我是很高興的。

　　每天早上起來，第一件事便是澆菜。

　　菜園挖了一方小塘，引儲山渠之水，正好供澆菜之用。

　　每個清晨站在菜圃中，先會想起宋朝詞家朱敦儒「晨起未梳頭，小園行遍」的佳句。其實，豈止未梳頭，空山之晨，不但毫無人跡，連鳥啼蟲鳴似也不多，要是在夏日，也許單衣一件，便將小園繞上數匝，冬天氣寒，一件睡袍足矣！冷是不必怕的，支著六尺長的水瓢舀水、澆水，一起一揚，不要幾下，便熱呼呼了！

天，這時還是濛濛的，像罩了一張灰色的輕紗，山山樹樹，也都安謐的睡著，過了一陣，這兒那兒，才一點點亮了起來，好像憨睡的幼兒，次第揉開惺忪的眼，一個一個醒來；到最後，一家之主的父親，陡地拉開窗簾，通室一下子明亮起來。是的，整座山都亮了起來，每一根草，每一棵樹，都抖起精神，鳥也吱吱喳喳的叫起來了，地上一條一條的畫著小鳥們飛舞的投影。原來，太陽自山後昇起來了！一天開始了！

　　而今天，我已比太陽早起了一些時候，不曾，也不敢想過和陽光競賽，但是，一種不為外物所牽的自在，填滿我的胸懷。

杉樹頭

被鋸掉的杉樹頭，丟在谷裏已經好幾天了，那殘附在上面的幾撮綠葉，依舊是青碧如洗。

剛入山的時候，一位老伯幫我搭床舖，以杉木為架，他一面教我削皮去枝，一面說：

「杉木長得直，做事最方便了！」

這句話，是我居山的第一課，不知是喜是憂，我因它得到許多方便，也為此自縛手足。

前些天山農整理橘園，鋸掉不少杉木，散置一旁，我看了可惜，要一些回來，想想要自己釘幾個簡單的家具。

可是，有一棵樹頭是彎曲的，想到老伯的話，便拿起鋸掉，隨手丟棄谷底，看看留下的挺植的樹幹，我滿意的笑了！

才一迴身，我又後悔了！

木直方便，是因要用在直處；如果不需用在直處，木曲何妨。

　　例如桌椅的腳，只要能夠平穩，有些彎曲不是更添奇趣嗎？思及此，我對自己的墨守成規失笑，更對被鋸掉的杉木感到無比的歉疚。

　　看到谷底的衫樹頭，我幾乎是不敢正視的。可是，它的幾撮綠葉猶自欣欣向榮，外在褒貶毀譽對它都是無關緊要的。

　　它只是就其所能的生存著，善盡天命，能用不卻，遭辱不怨。人若如是，亦不愧此生了。

小菌菇

　　山齋旁有一條小路，可以通到屋後的橘子園。平常，我們是不大走的。

　　有一天路過的時候，發現岩石上長了一朵菌菇。菌菇很小，莖細細的，支著一個尖尖的頭，像一把未撐開的小傘。

　　由於連日下雨，菌菇長得快，第二天去看，就不一樣了，不但大了許多，傘也撐開了。

　　到了第三天，傘不但撐得滿滿的，也肥厚起來。

　　平日難得一走的小路，由於偶爾發現的這朵小菌菇，變成無日不涉了！

　　看它、關懷它，甚至於，在屋中讀寫的時候，偶爾也會想起它。

　　可是，隔了幾天，傘收起來了！

不但收，而且由肥而瘦，由豐而枯，堅挺的傘梗，也彎曲了，光澤暗淡了，不多久，已成了一粒焦黑的小點，最後萎地成泥，再也不見痕跡了！

　　小菌菇的一生是這麼的短暫，我不禁為它神傷不已。

　　可是，它雖然那麼微小、那麼短暫，卻是活得多麼自信、多麼自在、多麼盡情盡興啊！

　　它曾竭力的撐開它的小傘，雖然，直徑不過是半寸的傘面，可是，這是它的極致。它一絲一毫也不鬆懈，一絲一毫也不氣餒。

　　這世界，有多少人像它這麼實在而豐饒的行走過呢？

百日草與瓠瓜葉

　　妻剪了幾株百日草插在陶罐上，當做瓶插，不過，總覺少了點什麼。

　　百日草其實不是草，是花。是一種很艷俗的花，大概花開不斷吧？一叢花，可以連續開好幾個月，別的花是難能比得上的。物以稀為貴，多則賤，因此，就被稱為草了！它光溜溜的一枝莖，幾片葉子，開三、兩個叉，每根小枝上，開一朵花，花瓣無奇，簡單俐落的十幾片，環著帽子也似的凸花心，頂端卻出乎意料的鑲了一圈精緻的小蕊，不過，也不能增加什麼風采，隨處可種，山區人家的籬角牆邊，總可以見上一些。

　　將它剪來當瓶插，可能是創舉，也是壯舉。相信少有人這麼做過，因為，它實在不登大雅之堂。看來看去，總

覺它楞頭楞腦的，每一朵花都個自營生，活像古時小兒頭上紮的許多根辮子，怎麼樣也攏不成一個出處。

因此，我想到插兩片大綠，可以調和些。

跑出戶外，首先找的是美人蕉葉，然而不是太大就是太小，轉眼一看，菜園竹棚上的瓠瓜葉倒頗相宜，興沖沖剪了兩片回來，興沖沖插了上去，似乎增加幾許美感，百日草與瓠瓜葉能裝點成這樣的一方小景，也不錯了！

不過，才到黃昏，瓠瓜葉全軟下去了，軟軟的伏在陶罐上，令人睹之氣短。百日草卻不辱令名，過了三、四天，仍然仰著頭，挺著細長的脖子，在白牆上描出朵朵花影。

小小的塑像

潑了一整天的暴雨，山，有許多地方崩了。翠綠的樹林，整片塌下來，像褪了皮，這兒那兒，到處露出刺眼的紅土，教人無法卒睹。

每日對著眼前的山巒，看著殘破的山顏，積鬱日深，不知還有多少無法見及的地方，遭受無情風雨的摧殘？且登屋後山峰，可以看得廣些，縱使面對更多枯槁，也教心地落實些。

一步一步上得山去，心卻一寸一寸沉了下來。彎彎曲曲的山道，曾是村人們多少血汗開拓的啊？卻被沖刷得不成路形，有的地方，正當中裂出一條深溝，激猛的水流，將泥土沖失了，只留下了較大的石頭，和已泡成白色的樹根，坎坎坷坷，甭說駛搬運車，連人也頗不堪行。尤有甚者，路基整個搗毀了，累積的沙石泥水，形成一股巨力，

102

俯沖而下，草木倒了，淹沒了梯田，梯田也崩陷了，新插不久的秧苗頓成廢土，只見滿目瘡痍。

可是，走了好一段時間，竟發現，在被沖刷得不成形狀的地面上，立著一些一、二寸高的小土柱，玲瓏可愛，有如精雕細琢，巨石巨木都走了，如此鬆軟的泥土，怎能保身如此？

仔細一看，每個小小的土柱頂端，竟都鑲了一粒黑色的果子！這黑果子，是油桐子的核，半個拇指大罷了！因為它護住地面，竟使得那麼一丁點大的地方，不至流失。這不是奇蹟嗎？我不禁當它是一尊安裝在土柱上的莊嚴塑像，雖然只是小小的一尊，卻恒久如新！

畫師

山齋前的屋簷很寬，形成一條走廊，到了下午，陽光繞到屋後，我便靠著柱子坐下，眼前有山有樹，儘夠瀏覽，就是閉起眼睛息目關聽，亦有樂音不斷，堪以描繪無數個畫面。

晴時驕陽高照，山陵的脈絡分明，雨時水幕垂天，渾白一片，亦足以潑灑豪情，而今天，卻是另一番景象，它不雨不晴，山頭攏上輕雲，若隱若現，四周出奇的靜，好像宇宙全冰了，任何氛圍全沉入地底，我不知不覺闔上眼，如居太虛。

一旦闔上眼，心，跟著息了，念，跟著平了。可是，平息到極致，反而舒活起來。

先是泉聲，在闔著的眼簾中所展現的玄色畫幅裏，抹上一道寬長的白線，無數小水珠拍擊的聲音綻出千萬朵

潔白的野薑花，如星河般攏匯成這一道白線，芳香清新可聞。遠遠的雷聲是一圈一圈灰色的圓，從這邊跳到那邊，滾過薑花之河，以至消弭散失了。突然，幾聲清脆的鳥聲化成幾記深紫色的錐形符號，鳥啄也似的跳躍在玄色的畫面上，也跳躍在雷聲與花河裏；一陣風來，竹叢、相思樹，全成了深深淺淺的綠色斜線，拂塵也似的拂掃整個畫面，它們自急而緩，以至沉沉落下，顏色也自鮮明而隱晦，終與玄色相溶。

　　我想我是睡了，睡成一片幽玄，不知多久，睜開眼，雲山依舊，鳥聲依舊，我不禁望空默謝，謝這些為我心中描繪佳圖的畫師。

依持

　　窗前的柿樹早枯了，上面爬滿了蔦蘿，一大叢翠綠的莖葉，千百朵鮮紅的小花，還有伸向空中舞動的嫩鬚，美麗極了！

　　蔦蘿這一切的美麗，一個多月來，我都以為全拜枯柿木之賜，沒有這棵雖無生機卻仍舊堅挺的樹幹，蔦蘿何以昂立天際，茂盛得像一朵花圃呢！

　　我常默默的感謝枯柿，當然，也為纖細柔弱的蔦蘿慶幸。

　　但是，枯柿終究是死了。一過了蔦蘿的花期，它將無所用了。枯萎的蔦蘿在枯柿木上不過是乾枯的蓬草罷了！

　　我決定把它們除掉，還那方寸之地新的生機。

枯柿幹和我的手臂一樣粗，我捲起袖子，準備使出全力搖鬆根部，整個兒拔起。我知道，這是笨辦法，用鏟子挖兩下，不就成了嗎？

　　可是，我不要，因為懶得去拿工具，更為了好玩，遂擺出架勢，馬步一蹲，雙臂緊握樹幹，期放手一搏。

　　可是，才使了力，便覺落空了，不是沒抓到樹幹，而是在緊鄰地面的地方斷了！

　　樹其實早斷了，而且在斷處蝕了一個大洞，成為蟻窩，螞蟻受到驚嚇，到處流竄。

　　樹斷了，可是，它怎能一直挺立不阿呢？

　　是錯縱複雜，如絲如縷的薜蘿支撐了它！

　　當然，沒有枯柿樹，薜蘿也無法攀爬的。

　　原來，它們一直相互
依持著啊！

一群黑嘴頓啊

山齋的原有主人以農為業，我們剛搬來的時候，庭院裏尚有殘留些穀子。

我們希望它可以引鳥，並不急著打掃，果然，第二天早上，便吱吱喳喳的全是鳥聲。

我們輕輕的開門，輕輕的走出去，輕輕的坐在走廊下，靜靜的看著牠們。

這種鳥很小，渾身咖啡色，嘴巴一團黑，還延到臉上來，好像探身煙囟的頑皮小孩，猛不防被黑煙噴了似的，模樣兒可愛極了。牠們的學名是尖尾文鳥，臺灣話則至為傳神，叫做黑嘴頓啊，活潑靈動，天真無邪，使我們端視良久，不捨離去。眼看著，稻穀就要被吃光了，妻立刻奔回屋裏，拿塊麵包出來，跑到庭中，撕成碎片，撒了出去。

我們的庭院外緣，圍著一排扶桑花矮籬，妻用力過猛，竟將麵包全撒到花籬後的菜園裏，在走廊下，是看不見的，時值七月酷日，熱炎難當，我們只好挨著籬側，匆匆一觀，便進入屋中。

　　我問妻：為什麼不撒在院子裏就好呢？我們還可以看牠們吃啊！

　　妻說：我只想給牠們吃，一使勁，就潑出去了，沒想到還要看啊！

　　初時以為妻顧慮不周，事後一想，原來是自己功利心重，看到妻無辜的臉龐，我覺得擁有一隻可以長看的黑嘴頓啊！

一群黑嘴頓啊　　109

舊衣櫥

在村子的小街上，有人喊住了我們：

「先生，舊衣櫥要嗎？」

衣櫥是他們祖先留下來的，早已不用了，廢置在倉庫裏，我們並不熟，不知為什麼，竟會以此相送。

「樟木做的，不怕蛀，六、七十年了，還好得很。」

他邊介紹衣櫥的好處，邊領我們進去。

衣櫥很大，比人還高，造形平穩，雖然蒙了厚厚的灰塵，古銅似的原木色澤仍透出幽雅的氣氛，許多地方，還泛著手觸後的幽光，美麗極了！

我們很高興，同時看到牆角堆積的八腳床，年代更久，顏色斑駁，古意更濃，貿然相求，他亦慷慨答應了！

由於櫥、床都很重，移入山齋，必用搬運車，而村人忙於農事，難有閒暇，搬運的日期，一再拖著，使我覺得是把自己的東西寄在他們家，增人不便，心甚不安。

　　隔了好些時候，總算可以搬了，我深深致謝，並讚賞衣櫥的美麗，沒想到，他竟雙頰緋紅，言語支吾，露出愧歉的笑容。

　　以舊物送人，對他來說，竟是這麼過意不去的事情啊！他與我之間，施與受的關係，似乎很微妙地倒轉過來，好像助益對方的，是我，不是他，我幫他清理棄物，卻反而謝他，怎承擔得起呢？

　　我欣賞櫥床質樸的美，我更珍惜村人純稚的心靈。

惜愛

　　剛入山的時候，我們擁有八九十棵橘子樹，隨便摘下那一粒橘子，剝了皮，放入口中，均覺甘冽無比。雖然，它們長得也許不太好，遠遜於往昔在都市裏買的又黃又大的椪柑。

　　慢慢的，我們懂得選擇了！只挑最甜最大的吃，最後，竟只守著那長得最好的幾棵橘樹，餘皆不曾一顧了。這時候，我們吃的橘子，每一粒都比市面上賣的高級得多。

　　可是，無形中，似乎感到失落什麼了，而且是很重要的一種東西。

　　哦！是的。那種隨手摘食的野趣消失了！那種悠遊自得的恬適的情趣消失了！所有的這些我們原本最重要的嚮往，竟在真的居住山林後萌發的貪念中毀損了！在都市裏

厭煩的比高比快、事事爭奪的盲目心態，而今變本加厲的暴露在幾粒橘子的貪婪裏！

我不禁悚然！

去年新遷的這處山齋沒有橘子園了，僅於屋後的山壁上懸著一棵小橘樹而已。它長得又瘦又小，高僅與人比肩，纖細的樹幹只可拳握，不過結了十來粒乒乓球大的橘子，而且都又乾又癟，佈滿了地圖也似的斑塊。

在老山的時候，我對這種橘子是看也不看一眼的，現在卻比在初入山時更加讚賞它們，甚至忘忽饞念，不捨摘取，寧願佇立於側，觀其自結自落，享受完整的生命；有時候還會無端的慶賀自己，擁有這一無所得的豐饒呢！

飛奔的山童

　　種花的時候，偶然抬起頭，看到一個村童從山上飛奔下來。

　　隔著小溪，有一條起伏不斷的山道蜿蜒而下，村童便循著這條山道跑下來。他從一個高點俯衝著，再溯上另一個高點，再俯衝下去。他橫出雙手如飛鳥展翅，嘴大大的開著，發出快樂舒暢的單音，我可以感受到，他兩腳的肌肉，一定很結實，他的姿態是那麼優美，他的意興，更是如此的飛揚風發。

　　隱約可聽的腳步聲，趴趴趴，一下就踏入轉彎處的樹叢後了，村童演了一幕人間最歡愉的短劇，他自己不知，卻令唯一觀眾的我緬懷不已。

　　這個村童，我認識的，才九歲，每次見到他，都傻乎乎的咧著嘴笑，偶爾和他談話，不是慢幾拍，就是顧左

右而言他，有時，索性就乾瞪著眼對你呆笑，逼得你只好轉過頭去。

　　他穿得很簡陋，還赤著雙腳，我不知他何時上山，從多高的山上飛奔下來，但我知道，這是一座緲無人跡的空山，一個傻乎乎的九歲小孩子，無憂無慮，盡情盡性的飛躍著，他完完全全的享受著這一瞬的喜悅。

　　我住過城市的，我看過城市公寓的兒童，連出大門一步都要倍受叮嚀，門，是一個分開兩個世界的關卡。山村無此門，整座山，都是孩童的家，寬敞而安全的遊戲場。

一葉悠遊

　　我曾在花圃裏，看著一隻莫名的小蟲子，如何自石下翻出泥中，如何爬上鳳凰花的莖，如何探進花蕊裏，然後，展開我本不察的透明翅膀，飛入空中。這時，我並未斷了視線，直看著牠，由蟲子化成墨點，墨點漸遠漸細，以至化入一片灰撲蒼茫的雲霧之中。

　　本來無甚意味的陰霾天空，從此之後，我便常常有意無意間的望著它，似乎，小蟲子依舊在莫可知的彼處，繼續飛翔，永不止息。

　　半年過了，有一天，天空依樣陰霾，我又不知不覺的怔著它；突然，蟲子出現了，在那灰濛的世界中，不是漸出一個小小的黑點嗎？

　　黑點筆直的對我而來，漸漸大了，不！它不是黑色的點，而是金黃色長長的一線。

它越飛越近了，哦！不是飛，是飄，是一片飄零的枯竹葉。

　　這時候，空山無風，萬樹皆止，怎就它一葉飄零呢？不過，也正無風，所以它才能如此安閒的降下，我才能如此安閒的端詳著它。

　　它的尾梢微微彎曲，一面飄、一面翻旋著，竟似一尾游魚，有時會將頭仰起，則似飛鳥翱翔，我就這麼一直看著它，似乎，我也變成這片枯竹葉了！

　　終於，它飄落地面了，正好在距我僅數尺之遙的花圃中。

　　後來，我仍常常仰視天空，但不再尋找什麼了，因為，我知道天空中有許多生命來去，蟲子如是，竹葉如是，魚鳥如是，我也如是。

一葉悠遊

無心插柳

　　妻從屋外興沖沖的跑進來說，我種活了一棵芭樂樹！

　　我什麼時候種過芭樂樹呢？

　　山齋右側有個芭樂園，雖只三棵，全都高出屋脊，枝葉繁茂，幾疑成林，屋後還有兩棵，雖然小些，卻果實纍纍，而且碩大清甜，不要說供我們夫妻二人食用，就是山下孩童，亦不時結隊採摘而有餘，我幹嘛再種呢？

　　禁不起妻嚷嚷，奪門審視，我不禁笑了！

　　原來，那是無心之得啊！

　　那兒臨近菜園，有個小小的水池，採完菜，就著洗滌，甚為方便。可是，水池之水必須導引山泉。以前的主人將麻竹鑿空，自後山引水，橫過芭樂園，橫過山徑，再接注池中。

麻竹易腐，年需更換，我更嫌它破壞了山徑和芭樂園的景觀，因此拆了，改用塑膠管理入土中，到了池旁，才留出口，這樣，就經久耐用，而且不著痕跡。

　　可是，水池不大，洗滌時容易混濁，需將出口處的水管略微架高，任水由上而下，便能清澈如故，為了架高水管，我截取一段有叉的芭樂枝，插入土中，水管架於枝叉處，不但方便，也不會破壞環境。

　　沒想到，事隔多時，芭樂枝竟生意盎然，好端端的長出幾片美麗的葉子了。在我，這是無心插柳，在芭樂枝，它可是莊嚴的恪守天職呢！

圓滿的山夜

　　空庭很靜，夜裏的空庭更靜，我們喜歡這般山夜，只
要不雨不冷，便常於其間小坐。

　　四周都是山，漆黑的山，像高高的屏障，把山齋以外
的萬千世界都擋住了，萬千世界只落於山齋所處的方不過
百來公尺的山坳。只是，它仍有個山口。左右兩側的山勢
到山齋前便滑入谷底了，遠遠的彼方，又升起一道更高聳
的山脈，然而，在夜裏，它卻與別處的山巒相融合了，把
山齋圍成一個不漏的整圓。

　　雖是完整的圓，那座正面的高山，到底遠些，夜裏
雖分辨不出，那鮮活的空氣，那開敞的空間，卻是感覺得
出來的；它使我們雖處高山環圍之低處，仍覺遼闊無遮，
自在自得。

山夜並不真是那麼靜止的。它其實有許多聲音，風聲、蟲聲、貓頭鷹聲，有時，甚至於草木生的聲音都可以感覺得出來。可是，只要你不想聽就什麼聲音都沒有了，靜，千噚深潭那般的靜，清澈而又幽寂的靜，靜得身心俱化，無思無慮，在這絕對的靜止裏，人反而澄明起來。

　　我們常常就這麼靜靜的坐在空庭上。有一次，我不自覺的抬起頭來，竟看到深藍的夜空中迅速掠過一抹黑色的影子，立刻在屋簷上消失了。我看不真，但我知道，那是飛鼠。

　　妻羨慕我這麼巧就看到了。

　　我笑笑，我固然高興能看這麼難得的景緻，但妻圓滿的靜夜，何嘗不教人欣羨呢？

擇取的面向

　　金盞菊的莖和葉子像極了茼蒿菜，它的花，竟也頗為相似。

　　它的葉，相當肥厚，莖也是水分飽滿的，一株分幾枝，每根枝梢都有花，大概承受不住這副重軀吧？只要長到尺來高，便少有不東倒西歪的。奇怪的是，縱使再曲折歪倒，每到一個階段，便會直立而起，所以，它的花總是仰向天空，它的蕊總是直對天心。

　　金盞菊初時並不好看，因為葉子過分稠密，擁擠不堪，可是，花一旦綻開，就不同了，在躍出綠叢枝梢，一朵朵明朗的黃花，像新生幼兒般的稚笑著。

　　說這些花像幼兒是不錯的，因為它們實在嬌嫩，一場大雨便可能花瓣盡落，每當山頭雲重，風雨欲來時，妻就會拿著花剪出門，想要剪那些盛放的花朵供作瓶插。

我說，如果是我，寧願在大自然中淬雨而死。

她說，用爲瓶插，可以延續它們的生命。

我沒阻攔，只有微笑的任她步出戶外，花，愛在雨中死或室中生，我是不知的，二者之間，畢竟都是體恤自然生物的想法，就任其所適，莫予強求吧！

獨腳蝗蟲

　　下午三、四點的時候，陽光從屋後照射過來，方形的前庭，正好被陰影擋了一半，變成半黑半白的畫面了。

　　我在廊下坐了許久，不知什麼時候，覺得有個東西在庭院裏動著，定眼一看，是一隻棕色的小蝗蟲，在接近中分的陰影裏爬行著。蝗蟲移動得很慢，實在教人難以相信，平常，牠們是跳一下便不見蹤影的。這隻蝗蟲，怎麼耐得住性子呢？

　　原來，牠失去了一隻後腿，不只不便騰躍，連移步也不方便了。蝗蟲步行全靠後腿，前足是不太管用的，現在，牠單靠那隻僅存的後腿，單槳划船似的，不太平衡的一分一分晃著身子，依然可以推進，雖慢，也難能了！

可是，這方小小的水泥庭院，是非常遼闊的，要橫越到那綠草盎然的草地，得等到什麼時候，才能如願以償啊？

　　果然，牠跳起來了！用一隻腳跳，一跳，便斜了，身子撲落到有陽光的地方，而且，由頭栽下，打了個筋斗，平伏到地上時，卻是相反的方向。蝗蟲不懼，迅速的掉過頭，休息一會兒，擺幾步，又向前跳了！

　　每跳一次，頭便往地面撞一下，看了教人好生不忍，但是，撞了幾次後，小蝗蟲，竟也用僅有的一條後腿，回到綠色家園了！

　　我在原地坐了許久，腦子裏只存著蝗蟲跳躍的獨腿，直到山風吹來，才發現，庭院已全教陰影侵了！

拍翅的聲音

　　一個朋友來，住了一宿，第二天清晨，天才朦朧，他便端著我們唯一的靠背籐椅，正正的放在前庭中央，他坐在椅子上，對著偌大空山，閉起雙眼，疑似入定。

　　一群小鳥飛過，他聽到拍翅的聲音，立刻張開眼睛，比眼睛更快的，是嘴角的笑容，比笑容更快的，是怡悅的心田。

　　登過多少大山啊！不曾聽過這樣的拍翅聲，不曾聽過鳥兒這麼清晰的拍翅聲！

　　這位朋友來訪，原是為了排遣心中的鬱結，昨天剛進門，就說，憋了一、兩年了，早該來了。

　　其實，在別人看來，他正是登上一座巔峰的時候，事業做得很大，步跡遍國外，有個好妻子，兩個好兒子，他本身，聰明健康，熟悉各種球類，登過無數高山。

不過，打球登山已是遙遠的事了，這些年，只有事業、事業，這並不合他的興趣，蝕得他心焦力竭，他原有的晶亮的眼神被電腦與機械磨得渙散了，來山談了一夜，才重現了一絲光采。

　　這個早晨，他終於完全寬鬆了自己，他每塊肌肉、每個神經都舒坦著，回到他的自身，所以，能那麼精微的聽到鳥兒的拍翅聲。

　　以前他登過多少比我們空山更高多少倍的山頭啊！應該有更多的拍翅聲啊！可是，怎麼現在才聽到呢？

　　我無語的問他，他無語的回答我，兩相笑了！

求米草

　　庭前當做矮籬的扶桑花，不知何時，全萎縮了，本來
濃綠發放的葉子，捲了起來，被一種網狀的東西黏住了，
還看到不少小蟲子，是病蟲害。

　　我開始帶著傻氣，慢條斯理的一片一片掐掉帶病的葉
子，忙了一個多小時，累得手指痛了、腰也痠了，卻連一
半也沒整理出來。

　　不如剪了吧！

　　拿起花剪，咔嚓幾下，不久就齊了！

　　剪齊的樹籬，像新理的髮根，很是呆拙，教人不忍看，
也忍不住笑了起來。

　　隔幾天，新剪的枝掩上一層綠了！

　　又幾天，綠更濃、更密了，雖然還太矮，卻是一排好
看的樹籬。

可是，再幾天，完整的樹籬竟參差不齊了，因為求米草鑽了出來，星星點點的，破壞了一脈完整的綠。

扶桑葉是很豐潤的，求米草則細細獨出一根莖，末梢分出更細的小穗，小穗上並列著兩排細碎的圓點子，形狀是瘦極、輕極，和扶桑格格不入。

真想除了它！真想除了它！

想歸想，懶懶散散，又拖了幾天！

今晨推門一看，密不透風的扶桑籬上，竟加了一層雲煙也似的輕簾，隨風飄動，煞是好看。

原來，求米草也漫佈成籬了！

我不除了，留著吧！留著一行野草編織的籬。

稚樸的美意

　　氣溫突降，卻是萬里無雲的好日子，一早和妻說：爬山去吧！她聽了，竟歡喜得笑了出來，因為，這正是她醒來時的第一個念頭。

　　山齋左側，有一塊雜草叢生的畸零地，再過去，便是小小的溪流，躍過溪畔的石階，可見只容一人行走的小徑，小徑越走越小，也越模糊，以為不久便無路可走了，竟而突傳人聲，轉過灌木叢後，果然有二、三村人在奮力揮鋤。

　　他們正在開墾一塊荒林，只見地上全是草木焦痕，昨天黃昏時候，我在庭前對山謳歌，但見山阿青煙直起，原來是他們在焚燒殘草，以作肥料。我們只見過一、二次面，並不相熟，然而，在山中偶遇，自生親和，寒暄數語，方道別而去。

過了這片開墾中的土地，便是密林，人跡少至，雖然雜草掩徑，猶可分辨山徑，我們並不以為杵，仍然信步而行。

　　可是，尚未踏入林中，一位村人竟突然搶在我們前面，手揮鐮刀，連砍數下野草，為我們分出一段路後，方才折回原地。

　　他明明有農事在身，亦明知密林不淺，清除路徑，非片刻之功，仍然特地為我們砍了一段距離，雖不見得有大助益，但這份稚樸可愛的美意，卻令我心生感激，久久難以忘懷。

山、螞蟻、餅乾屑

　　我坐下來，還沒提筆，就看到書桌上有一粒很小的渣渣。

　　渣渣是很小，只有芝麻大，白色的，蓬鬆鬆的，再細看，原是一只餅乾屑，上面附著三隻細如針尖的螞蟻。

　　餅乾屑是我昨天下午劈完柴，掃完庭院後，累了，也餓了，療饑用的。由於貪看桌上的雜誌，不小心，屑屑就掉了。

　　吃完餅，看完雜誌，又發痴了。桌前有一口大窗，窗外便是青山，時近黃昏，天有點紅，映得山更紅了，有點像紅色的礦石，我不說寶石，寶石看起來太清麗薄脆，那有未經人工琢磨前的原礦粗獷厚實呢？

　　由於貪看山，看到山色已沈，天地黑了，才離桌而去，餅乾屑就忘了整理了！

今早又看山，山很明。坐下來，不經意，便對著桌上的餅乾屑，與要分食它的小螞蟻了！

　　山，是不曾變的，從昨午到今晨，山沒變，卻一直在行進中，與光陰同時演進，它的雄渾的屹立便是無可比擬的動。而餅乾屑與螞蟻是動的，它們雖動，卻絕不變，餅乾屑飄落桌上，螞蟻聞及近食，自有歷史以來，在世界各角落，不知重複了幾千萬次？

　　看看山，看看餅乾屑與小螞蟻，我不由得笑了，它們看起來是天差地別的東西，原來，意是這麼類似，而我，又有什麼不同呢？

電線桿

　　如果，有朋友將初訪山齋，我總告訴他，下了車，循著山道，幾經轉折，到了可以看到一角紅瓦的岔路，往下走，涉過小溪，再兩分鐘，便到了。

　　可是，由於紅瓦老舊，草木扶疏，難於覓得，還是有不少朋友，一時失察，便繞到後山去，枉走許多路程。

　　有一次，一位初訪的朋友，竟然跟我們說，他分毫不差的走到了。

　　怎麼可能呢？

　　原來，有人告訴他的指標，不是紅瓦屋頂，而是體積小得許多的屋前一根電線桿。

　　我們剛入山的時候，是沒有電的，時值隆冬，暗夜特長，常常一覺數醒，卻因燭光微弱，連書本也閱讀不得，徒任光陰空流，幾個月後，總算設法引了電，雖電力微

弱，但已夠我們應用了，直到去年遷來此山，電力與平地無異，尤稱方便，不但讀寫無虞，連電鍋也可以使用，不必燒火生灶，省了不少生活瑣事。

可是，雖應用到電的便利，卻從未想到電的存在，就連屋前的這根電線桿，除了初來時，看它標挺高聳，覺得適宜繪製圖騰，但又怕破壞一山碧，想想也就算了，過些日子，便完全無視了！沒想到，它竟是城市友人引為山齋的明顯指標。

不知道，這是友人入山未親山顏，還是我們在山為山所蒙蔽？

我愛炊煙

　　每到天寒時節，我做完工回來，遠遠的，便看到山齋
吐出一陣炊煙，疑白還青，裊裊如縷。無風時，它直上雲
霄，有風時，則斜向一邊，或飄浮有序，或歪歪倒倒、零
亂成結。不論如何，它終究是為山齋籠來一陣霧，為空山
兜來一朵雲，為我心田，呵護著一陣溫馨。

　　我並不胖，卻愛流汗，夏日常常不動即熱，汗水淋漓，
幸好居山，小坐樹蔭，便得涼風送爽。不過，若是處於屋
中，灼熱起來，心則不得靜，一旦做起山事，連換三兩件
上衣是等閒。就是入了秋，雖涼意撲身，一旦拿起鋤頭，
也得盡去他衣，只著一件薄衫，與金風相搏。不說秋天，
就是嚴冬時候，山風再蕭瑟，墾兩畝土，厚厚的外套底下，
襯衣早已濡濕，真是無可奈何。

夏日無礙，下了工，鑽進浴室裏，幾桶山泉便輕鬆如許。若天氣寒甚，或瞬間溫差太大，一時不易適應，便非得熱水沐浴不可。

如果，我做的工，時間不易控制，像上後山撿柴等事，便得在下工前二十分鐘，學人猿泰山，高高呼嘯一聲，妻便知，該燒洗澡水了，我則只要覺得時間差不多了，看看山齋，炊煙起了，該休息了，農具頓荷肩頭，一路歌詠而回。

我愛炊煙，因為，藉著它，在空蕩蕩的山林裏，我與升起炊煙的人，有一份牽繫。

甘為鵲奴

屋後的那株木瓜樹，竟然很會結果。

它不過筆筒粗而已，卻長得很高，果實纍纍，幾乎有點負荷不注。

有幾次，我想鋸掉它。

第一次，因為它緊挨著屋子，怕木瓜掉下來，會把紅瓦砸爛了！

後來，發現這顧慮實在多餘。因為，會掉的瓜一定是熟了，熟瓜必軟，瓦片雖脆，還是經得起，何況，在未熟之前，定先被藍鵲啄去大半，份量更輕，不免笑自己杞人憂天。

可是，新的問題來了！

藍鵲啄過的木瓜掉得滿地，一片稀爛，不堪卒睹，尤其小蟲飛來爭食，更是汙穢，久而久之，還會發霉，怎能坐視？

不論就衛生，就觀瞻，怎麼想都該砍掉它的。

半年過去了，它卻依然長得好好的立在那兒！

為什麼呢？因為它可以引鳥。

不只藍鵲來吃，樹鵲、白頭翁都會來，我們常常躡著腳尖，輕輕的走近窗戶，隔著玻璃，屏息靜氣的欣賞牠們，有一回，藍鵲看到我們，竟然若無其事的別過頭去，照樣吃牠的木瓜。

就這一點，已足夠維護木瓜樹的理由，地上的爛木瓜，我們只有勤於清理了！

留一點空隙

　　拉開窗戶的時候，倏地掉下一只灰濛濛的東西，使我楞了一下。

　　這東西掉落地上，平伏的緊貼著地面，蹲下去細看了，才知是一隻壓得乾扁的壁虎。

　　山林蟲多，雖然我們門窗常掩，然而，牆頂瓦下，總有許多空隙，不知是幸或不幸的蟲族，仍可引為自由出入的孔道。

　　每到晚上，山林俱暗，獨山齋燈明的時候，牠們便飛身而入，和我們一樣，拜燈火之賜，延長活動的時間，可是，一旦夜闌，連我們也熄燈就寢了，牠只有四處遊離，牆角、桌下、櫥後、門邊，凡是夾縫的地方，特愛棲身。

一方面欲迎向光明，一方面又尋求陰暗隱藏，愛自由的放、保殘身的縮，這兩種外觀上絕對相反的矛盾心理，常常使我不解，使我無奈興嘆。

緣於此，每天早上，當我開窗的時候，順手一拉，停在窗沿，欲奪出屋外，奔赴第一線朝陽的蟲子，閃避不及，便要被急急奔馳而來的窗戶壓扁了。

不只是壁虎，也有過蛾，和一些不知名的蟲。只是，飛蛾太小，還未曾經意，等到發現了與人的肌膚相似，也有軟潤的軀體的壁虎含冤如是，我才真正的警惕起來。

要小心啊！日後關窗，不只要輕些，也要留點空隙，不只為蟲，也為自己，為山林原有的諧和。

到處都是路

　　村裏的少年告訴我們，山齋右側的山頭上有很多杜鵑花。

　　杜鵑花，單純有如鄉村少女，我們都很喜歡。山裏原本到處都有，這裏一棵、那裏一棵，三五朵、十來朵小花，便把一色濃綠的山巒 點得春意盎然。可是，有人陸陸續續的挖走，山上的杜鵑就不多見了。

　　真的不多見嗎？也不盡然。只是需到較高、較荒僻的山頭，才覓得蹤跡。在老山的山脊上，我就曾看過百十棵、萬千朵杜鵑，像彩色粉末般的灑了一大片，白的、紅的、粉紅的，熱熱鬧鬧，教人驚喜，總要隔了好久，才能慢慢屏息心中的躍動，靜靜的坐下來，領略這種繁而簡、爛而清的美景。

搬來新山近一年了，攀過數次山頂，卻因開墾已甚，不見杜鵑花的影子。但我總覺得這兒一定有的，只不知芳蹤何處。經少年提醒，哦！是了！屋前的小山頭，人跡不至，雖不高，實甚荒僻，當有杜鵑啊！

　　可是放眼看起，草深林密，因問：「那裏有路可上？」

　　「到處都是路啊！愛走那裏就走那裏，那邊都可上。」少年輕輕鬆鬆的答著。

　　是的，到處都是路，漫山的橘園、茶園，都是從一片荒蕪中墾植出來的，所有的山路，都是由村人依自己需要走出來的，況是尋覓一株杜鵑？山居數年，與少年比起來，我不過是一個生客罷了！

魏刻與百合花

　　客廳書櫥的牆上，掛著一幅魏刻的照片。

　　它是一尊石刻佛像，我們特別喜愛的。平常的佛像，大都四平八穩，左右對稱，具足法相莊嚴，欠缺人間情懷。換句話說，它們是絕對宗教的，鮮少藝術的氣氛，因此，與人的關係，只有直線上下的崇仰與慈被，而無對等的關照。獨見這一尊，頭略偏而含笑，雙掌雖亦合十，卻側向左肩，形成很優美的弧度。其實，雙掌早已被風化，或為後人斷壞了，並不可見，卻不折損它豐富的造形與完整的結構，甚至於，就像米羅的維納斯一樣，多少藝術家想要復原它雙臂的形狀，卻在在畫蛇添足，這尊殘缺的佛像，當也達到這般增減不得的境地。

　　它的原跡不大，近兩尺而已，我們在博物館展示的時候曾經欣賞過。這幀照片是友人寄來的，非常小，三吋

見方罷了，友人的攝影技術不錯，因而也傳達了原作大半的精髓。

這幀照片是我們不可多得的一件寶貝，書櫥上放置的雜物，如筆筒瓦罐之類，必讓出空間，以免遮蔽了它。

那天，屋前的一株百合花不知何故，竟伏垂地面，怎麼也無法扶正，我剪下盛開的花朵，攜進山齋，插入小陶瓶裏，不知不覺的放在書櫥上，我端詳了一個晚上，只覺生機盈盈，一室清舒。到了第二天清晨，才發現到，百合花竟是不偏不倚的遮住了整幀佛像！

可是，我並沒有移開百合花，也不曾感到絲毫的抱撼，相信佛像有知，亦能意會吧？

小草的根

　　去年夏天，我們新遷此齋的時候，屋子曾費些工夫整修，有的老牆實在殘破得可以，不得不打掉重砌，院子裏，便堆了小山般高的廢磚。

　　這些廢磚，其實滿好的，丟掉頗為可惜，只是大多好幾塊黏在一起，得花許多工夫將水泥敲掉才行。因此，每到黃昏，我就拿著鐵鎚鑿子，做這一成不變的枯索工作。

　　妻常勸我放棄，我仍執意不肯，前後花了約一個月的時間，總算把磚敲好，我將它們放在庭前，以備不時之需。不過，安置的時候，著意有些變化，再配上陶罐瓦罐，形成一個尚可悅目的景觀。

　　有一天，在那幾無泥的磚縫裏，竟然分出綠了，綠意快速飛長，似乎毫不費力，不多久，便成為數寸長的草莖了，它使得這片紅磚有了生氣，真是令人欣喜莫名。

前些日，我們在山溝裏發現一塊很大的枯木，造形極美，想要搬回來，看來看去，竟覺得放在堆置紅磚的地方最為適合，只好將它拆了，另遷他處。

　　等到拆完紅磚，才發現到，這株小草的根，密密麻麻的，如細網般分佈了一大片地面，長寬竟達數尺！

　　誰說小草易長呢？它是這麼用盡全力，才掙出那麼冰山一角般的短短莖葉啊！我低迴不已，從此，再也不敢隨便說：身如草芥了！

破境

　　往山下河流的路，我們幾乎走遍了。這一次，立意要探出新路來。沒想到，新路其實非路，竟是險途。

　　我們隨意步入一處開滿野花的荒地，再穿過埋膝的草叢，接著，平地突失，眼前是一邊峭壁，一邊斷崖。

　　數噚峭壁之上，即是一道我們往昔行走的柏油路面；垂直斷崖之下，則為清碧明媚、蜿蜒有如玉帶的流水。在這上下不著的山阿，卻鑿出一條寬約二尺，深只半尺的山溝，村人用以引山泉灌溉水田。溝沿僅用石塊和水泥粗陋的砌成寬窄不一的護堤。寬處雖足走人，但窄處不足數寸，而且往往延綿十尺之遙，就這樣空晃晃的懸在半天，這條驚險的護堤，便是唯一可以前行的路。

我們分明是要尋找新路，怎肯退卻？這時候，我發現到，河心竟聚了幾個裸露的山童，停止游泳，只定定的呆望著我們的愚行。

我小心翼翼的往前走了十來步，到可以迴身的地方，轉頭看妻，但見她一手倚著山壁，立在原處，裹足不前。

我只好低下頭來，考慮如何接引她，或折回原途。

正思量間，卻見她施施然越我而去了！

原來，她躍入溝中行走。是啊！這山溝水清而淺，不是最佳路徑嗎？方才怎未能勘破圍境，執於區區鞋襪之濕而自困呢？

世間傳奇

　　早上的山特別靜，其實，也不早了，太陽把庭院曬得通白，只是昨夜晚睡，今日遲起，山中本不計時，雖日高懸空，晨氛並不稍減。

　　幾聲鳥啼、幾聲蟬鳴，遠遠的，若有若無的風聲水聲，就此，一山全靜了。庭院裏的陽光靜，走廊下的陰影尤其靜了，靜得涼透，是餘慮盡釋的清涼世界。

　　我在廊下的木臼上靜靜的坐著。看著寬闊的天空、高聳的山峰、庭前的扶桑矮籬，一切都是無意識的。不知何時，我的頭已深深垂下，仍是漫無意識的看著足前的靜止的地面。不知不覺間，萬般靜止的地面上，似乎有什麼東西蠕動著，良久良久，才看得真，是一隻細緻得幾不可見的小蟲子在半走半飛的前行。

忽然間，小蟲不走，也不飛了，卻不斷在離地僅僅半寸的空中抖著。

原來，牠被肉眼難以辨識的蛛網黏住了。很快的，一隻比小蟲大不了多少的小蜘蛛竄了出來，把小蟲噬進木臼底下的小小縫隙裏。

看過很大很大的蛛網，看過很多色彩炫麗、形像兇醜的大蜘蛛，霸住整個山森的昆蟲世界，都不曾這般感嘆過。這麼一隻小蜘蛛，在這麼一個小角落，織這麼一張毫不起眼的網，也能噬捕生物、截殺生命。

感喟更深的，是那麼一隻謙卑微末的小蟲子，竟也處處有礙，不得保生。覺得自己在此片刻，能不受任何干擾，獨擁這麼大的天空與山林，簡直是世間傳奇了。

體內的聲音

在樹蔭下，我看著一本一位歐洲旅行家描述聆聽西藏佛樂的書：

鼓笛鐃鈸喇叭齊奏，這麼不調和的聲音，卻有一種神奇的力量緊緊扣住他的心靈。

怎麼會呢？他請求老喇嘛開示。

原來，這是經過千年研究而成的，和人體發出的自然聲音相應和的樂曲；只要用手指緊塞雙耳，不傳外音，就可以聽得出來。

我放下書，舉起雙手，試著緊緊摀住我的耳朵。本以為非常寧靜的，使我可以全神貫注讀寫的山林，這時才發現到，原來是有許多像蟬聲、蟲聲、鳥聲等聲音的，而現在，竟真的都頓然消失了！

本以為摒絕了外音，可以真正寧靜的這個時候，卻出其不意的湧出了火焰般的聲音。這種聲音，說像火焰，也不盡然，竟是非常的平和；為了聽得真切些，我同時閉起眼睛，發覺它更加明晰，且更加沈靜。最後，我鬆開雙手，這聲音竟然持續不斷！

　　怎會如此呢？聽了好一會兒，原來，它自近處的山澗傳來，是流水的聲音。

　　流水、火焰與我自身的聲音，竟是這麼相像的，也許，草木生長的聲音，岩石迸裂或是風雨交擊的聲音，從某個角度來聽也是一樣的吧？

　　思及此，我這有限的，禁錮在數尺之軀內的心田，霎時無邊無涯的拓展開來，覺得無處非我，相信就此終老山林，亦覺不孤。

肚臍開花的石像

　　小院裏有一尊石像，是採山中石材因勢象形雕刻成的。

　　看過的人幾乎都說它是彌勒佛，久而久之，我也稱它是彌勒佛，興致來的時候，還會摘院中花朵插進它肚臍的深孔裏，我自己高興，看到的朋友也高興。

　　有人說，彌勒笑得好開心。

　　有人說，彌勒提起的那隻手正和人親切的招呼著呢！

　　一位小朋友來，端詳了半天，忽然大聲的喊：「大象！」他認為那隻手是象鼻子。

　　其實，我最初想到的是宋畫師梁楷作的潑墨仙人，潑墨仙人代表著孤介不群和飄逸縱達的處士精神，那隻揚起的手，正摸著後腦勺表示對世界萬象的百般不解，它的笑，是對世情感到幾許無奈的笑。

可是，一路刻下去，腦子裏卻悠悠的浮起了年少時居某山寺看到的彌勒佛像兩側的對聯：

「大肚能容，了卻人間多少事；

滿腔歡喜，笑開天下古今愁。」

最後，我在肚臍眼上鑽個深洞，準備以後可以插上花朵，好添些歡喜。

石頭是那麼的堅硬，花朵是那麼的柔軟；雕刻的時候是那麼的艱辛，觀賞的時候是那麼的清怡自在。

我都喜歡，正如喜歡這尊潑墨仙人與彌勒佛交融的石像一樣，日子可以糊塗些、簡單些、隨興隨性些，好有餘裕發發呆，便再無所求了！

輯二

門與絲瓜藤

　　妻在小院前播了兩處絲瓜種子。庭院中間有一條紅磚路，絲瓜種子便播在路的兩旁。開始時，只為了種著好玩，沒想到，一天天的，在我們專注觀音竹、梅樹、柳樹與棕櫚桂樹的光影裏，它們靜悄悄的成長、茁壯，那天偶然注意，一處已爬了半截文旦樹，另一處更可愛了，沿著牆角爬，分成兩路，一路攀過不高的牆沿，一路則已穿出大門。

　　所謂的大門，不過是由鏤空鐵片焊接而成的兩扇式鐵門，長寬各約五尺，這間屋子往日主人閒置多年了，這鐵門已年久失修，銹漬斑斑，我們辭山遷來已近三個月了，雖然諸事泰半自己動手，卻對之未曾眷顧。門，不過界裏外之物，雖設常關，難得出戶，易覺如無，何況屋後花籬疏疏落落，常有貓狗來去，對牠們來說，何門之有？

生銹的門，色澤黃褐黑灰都有，立在屋首，當然不體面。然門之有無都不計了，還管得了這等外在世相的餘事？有人說，趕緊漆吧！有人說，換上好門吧！我都想過，只是並非要務，能用即可，落一個不起眼的臉，於心何礙？

　　自從絲瓜藤爬上了文旦樹，攀上牆沿，穿出門隙，到處渲染了綠，未進屋，便一簾春訊，小園就好看起來了。

　　最好看的是那原本就不起眼的門。

　　絲瓜的綠藤並不是直直的附在門上，它是像編織一般，好幾條莖蔓，探著鐵片的空際，一忽兒出，一忽兒入，有的斜下來，有的繞上去，有直伸的，有打轉的，或疏或密，綠了大半扇的門，只是，有時我們還是得出入的，不能令綠掩了兩扇門銜接的地方，否則就無法開啟了，所以，不時總得將它無處不纏的長鬚歸位，這麼一來，餘下的那扇門就始終光禿禿的，比較起來，甚是形穢。

　　那一天，妻說，門的另一側不是瓜藤長得攀上文旦樹了嗎？何不略為導引，好綠那半扇門。

　　當下便做，我立即跑過去，細心的自樹上抽下一根莖蔓，穿出門縫外，並用長鬚略略纏住鐵片，果然，第二天便看它長高了一尺半，第三天，它更直直仰上，穿出門的上沿，幾片翠綠葉子，掃盡了鐵門上的一臉銹痕。

　　不消多久，我們的門就都會長滿綠了！

有著勃勃生機的綠門，多好看的景致呀！我每坐書桌，隔著窗戶，遙與相對之時，總不由得心生喜悅，常常，是忘了一直被我們眷顧的竹子、梅、桂等花樹呢！

蛤蟆的溫暖窩

　　我們的院子雖不大，生物倒不少。除了我與妻二人之外，其他的動植物不下百十種，且不談植物吧，單是動物，天上飛的，地下走的，就足以目不暇給，其間，又分三類，一是長住的，一是過境的，一是有季節性的。

　　鳥兒雖無時不有，卻來來去去，方才在枝頭啼唱半天的，突然停了，再響時，音調已改，原來同樣的地方換了另外一隻，牠們是屬於過境的朋友。

　　蟬是季節性的，夏日一來，便爭著與烈日喧嘩，有時候，一眼便可兜得七、八隻，全貼著枝幹，各自潛心高唱。蟋蟀也是隨著季節遞變而有無，有一年，馬陸大風行，真不敢隨意出門，有事出入，亦戰戰兢兢，怕不小心便踩了三、五隻。

我們的圍牆處處穿空，有亦如無，因而便宜了一些訪客，貓兒狗兒若干隻，黃的、白的、灰的、花的都有，也便宜了鄰居養的雞，喔喔喔、嗝嗝嗝，一隻公雞領著五、六隻母雞，搖搖擺擺的在園中踱著，一點也不畏縮，使我幾乎要懷疑自己是在作客了！

　　這麼多的動物，都只能說是遊牧民族，真正長住的，除了每天忙得不亦樂乎的無數螞蟻外，大概就數蛤蟆了！

　　談到青蛙，孩子們沒有不高興的，就是尚懷童心的大人，眼睛也會為之一亮，可是，誰喜歡蛤蟆呢？

　　其實，蛤蟆除了身上多些疙瘩，皮膚沒那麼光滑外，與青蛙並沒有什麼差別，性情上，青蛙固然活潑得多，但蛤蟆的溫馴遲鈍，豈不也木訥得令人憐惜嗎？

　　前兩年整修屋子的時候，友人找來兩根古舊的大圓木，不知是什麼老厝拆下來廢棄不用的，正好當我們屋子的立柱，因為太長了，都得鋸去一段，當作木凳，一段放在屋裏，一段則置於園中，木凳的上端原來有個榫孔，方寸大小，平常從書房的窗口望去，黑黑洞洞的，那一天，卻發現似乎被填滿了，還加了些灰的顏色。

　　怎麼會這樣呢？到底加了些什麼東西呢？

　　我推開房門，挨到木凳前，蹲了下來，仔細一看，洞裏原來舒舒服服的窩著一隻胖蛤蟆。

　　蛤蟆的大小正好不多不少的填滿整個榫孔，好像一個嬰兒安安逸逸的包在厚厚的褓褓裏，可愛極了！

我們的院子雖小，對蛤蟆來說，卻是何其之大，牠只要這個小小的榫孔，便心滿意足；世間何其之大，對我來說，只要如此小小園地，便覺心滿意足；和蛤蟆對望良久，牠仍是怔怔的看著我，我則不由得莞爾起來。

睡著的香蕉樹

　　我們住的地方很幽靜，平日難得看到人，和山居差不多。離小鎮二十分鐘行程，到我們這兒有兩條公路，一條車子稍多，但也有限，路旁自小鎮而來屋舍越少，以至放眼過去，多是甘蔗園與樹木，屋子偶爾點綴而已。另一條路，則椰林夾道，間見兩座學校，兩間民家，餘全稻田了。

　　兩條公路之間相隔約半公里，中間有巷道相通，亦少見房屋，多的是果園，亦有椰林夾道，在巷子中間，再折入小巷，行幾分鐘，竹叢後，便抵舍下。

　　道路行車既不多，巷子更少，至我們屋前的小巷則更不通人，我們難得外出，別人難得來，鄰近雖有人家，由於都見距離，樹木參差，並不相擾，常常覺得仍在山林。

　　在我們這條小巷子的前半段，一側是空地，果樹三兩，另一側，則不知誰家在空地上種了幾株香蕉。

香蕉，我們山居時種過十來株，葉大綠多，縱使正值炎炎夏日，見之亦可大消暑氣，結果時，香蕉成串，層層相疊，有如寶塔，縱不入口，亦足以引人欣興。

可是，香蕉的莖幹雖頗粗，卻不甚壯，水多肉肥，一旦果實豐盛些，便往往支持不住，若未及時用竹竿或木棍支撐，則必頹然倒地。

那天外出，只見窄窄的巷道中隆起一物，足足佔了半邊地面，原來是一株臨巷的香蕉樹因不勝果實重荷，倒了下來，猶青的香蕉靜靜的貼著地面，而蓬鬆的蕉葉如同小山，於半空中隨風飄動。

這時，香蕉未熟，仍要依母樹生長。如果立時摘下，便不堪食用，若就此待其成熟，則大大阻礙巷道的通行。

幾天了，香蕉樹仍躺在地上，我一直未曾聽過，有誰抱怨阻礙交通，鄰居們出入，側個身，繞兩步就過去了。

我很喜歡，也很欣賞這種相互體諒的氣氛，香蕉躺在路心一天天安謐的長大，這種幸福的滋味，真是桃源佳境了。

腎蕨

　　腎蕨的葉子很小，好像一個很扁的橢圓形，而且一頭較大，一頭較小，幾近於腎的樣子，所以名為腎蕨，兩片兩片沿著莖對生，一路排下去，數十上百片不為多，每叢有十數根莖，甚至多些，便蔚成一團綠了，不過，我嫌它的模樣有點呆板，妻卻頗為喜歡。

　　我的書房前有一塊水泥地，雖不大，卻覺有些單調，便到近處的河岸撿些大鵝卵石，用水泥在門外側各砌成一個中空的圓圈圈當做花盆，除了增些自然風味外，希望在中空處可以植些土，種點植物，讓它更添幾分綠意。

　　種什麼呢？

　　由於這個貼地而砌的花盆沒有排水孔，上又無遮蔭，陽光常照，何況容積太小，納土有限，適合種植的植物實在有限，樹木當然別談，杜鵑茉莉日日春滿天星也都排除

166

在外，它不但規模要小，不需要太多土，而且要耐濕耐潮，因爲我又很懶，不可能天天加水，想了很久，出不了點子，妻知道了，卻毫不思索的說種腎蕨最好，我只好依之，心裏倒有點無奈，書房乃我不時進出之地，不能種令人賞心悅目的花草，日日何以對之？

妻到附近的大水溝邊挖來一叢腎蕨，不！應該說是拔的，因爲水溝邊土濕水多，取之毫不費力，這叢腎蕨的根部幾乎不著寸土，取回後，一分爲二，先在盆中放些養殖土，將腎蕨植入，再填滿養殖土，將水注滿後，便得意洋洋的說：

「一兩個星期加滿一次水就夠了，保證活得好好的！」

養育生物可以閒到這個地步，我亦不敢奢求其他，可是心中還是不很落實，尤其過些日子後，竟然有些葉子由綠轉黃，甚且落了，有些莖全禿，像已脫光雞毛的撢子，實在難看，但恬及妻的高昂興致，又無他法，只好暫且忍下，不想過了三幾個月，兩叢腎蕨，竟漫成兩大叢綠了，平整無趣的水泥地面頓時生機盎然，有時數大眞就是美，我遂滿懷歡喜的接納它們了！

又過一段時間，在距腎蕨數尺遠的一塊當做裝飾的原木旁，竟發現一根未曾見過的長鬚，是什麼植物呢？這兒是水泥地，無土無水，怎能生長？按跡尋找，才知道，它竟是腎蕨的根鬚爬出盆沿的鵝卵石，走下地面，鑽入原木

下的空隙再穿出來的，高高翹起的尾端，還有些綠意，難道是移地再生嗎？果然，幾天之後，綠痕已長成幾片清清楚楚，有如腎蕨般的葉子了。

植物生命的韌力真是驚人啊！此時，我對於腎蕨，已不只是喜歡，而是孳生深深的敬意了！

懷念的長巷

　　家居的小巷子口，更引一條長巷。

　　這條長巷，寬大而美麗，長約半公里，兩頭皆接上鄉間公路，它的寬度並不亞於公路，但只在中間與尋常巷道等寬的地方舖著柏油，與路面同寬的兩側則任生青草，放眼一望，便像一條兩綠中黑的色帶，長舒而去，好看極了，更美的，是色帶邊緣每間隔二、三十步便植一株椰子樹，我們遷入此居時，雖一邊的椰樹已廢，但另一邊猶株株挺拔，樹幹直探天心，樹梢的綠葉更如巨人的髮梢，不時在風中蓬鬆舞動，尤其是炎炎夏日時候，縱使未承其蔭，見之即感涼意，渾忘熱浪侵入。椰樹之側，多係私人果園，青翠連綿，自不待言。

　　長巷不只美，更堪品味而且充滿生機，輪替不絕。因為兩側的綠帶青草會長，每隔一段時間，便有專人剪除

長草，長草初剪之時，草香四溢，清甜沁鼻，教人通身皆爽，再看它一寸一寸成長，一寸一寸長高，形如草牆，舖著柏油的路面因而一寸一寸下陷，兩相對比，這條漫長色帶，便雕成立體的了，朝陽晚照，不斷挪移草牆的光影，色帶豈止立體，簡直像幻境般的變化了，人入幻境，怎不酣醉？若見三幾村童帶著小狗奔逐其間，則更像音符跳躍在樂譜之上，尤其引人。

草密樹高，鳥兒自然常聚，且不說在空中啁啾飛翔，就是在青草間的泥土地上，亦屢見小鳥挖坑躺臥，舒適有如安樂窩，若雨後積水，更濯足潤羽，沐浴一番，只見牠們一下子拍翅，一下子低頭梳理腹毛，或搖擺尾巴，靈巧機動，可愛極了。遇到這種情景，我們必輕步慢行，甚至立刻駐足，不敢驚擾，待其興盡而去，才盡興離開。

可是，幾個月前，長巷遭劫了！

首先是兩側邊沿設立排水溝，挖土、釘模、鑄泥、怪手與水泥攪拌車反覆運作，工人來往穿梭，待水溝築成，青草綠帶已是坎坎坷坷，全是碎石亂土了，不惟鳥兒不到，連綠意也殘破不堪。繼之椰子樹不斷伐倒，我們每見必憂，附近人家卻額手稱慶，到了最後，鋤土機將草地推平，便不見一絲綠了，壓路機再將泥土壓平，又舖上柏油，則原本綺麗多姿的窄窄巷弄，變成一條了無餘趣的通衢大道了！

這條道路，目前雖仍少人車，但日久之後，難保不至雜沓，幸好家居離此有一條小巷間隔，尚可保一段較長時間的安寧，長巷之美，如今只有在心中低迴了！

一車花海

　　黃昏散步，經過田間公路的時候，眼前飛快的馳過一輛花車，花色之繁複，姹紫嫣紅亦不足以形容。

　　當車行稍遠，我才看清楚，那是一輛中型卡車，車上載著的，其實不是花，而是滿滿的一車人，一車農婦。

　　有二、三十位吧？每一個人都戴著斗笠，斗笠上覆著毛巾，臉上也有布巾罩著，連著她們身上的衣著，還有長長的臂套，全都滿印鮮花圖樣，亂成一車花海，耀眼極了！

　　待花車遠了，逝了，我還默立道旁，對著她們消逝的路樹深處，深深的望著。

　　這一車農婦，是方才放工，正要返家歇息的吧？

後來，我又看到一輛花車；在小鎮的街道上，也看過一輛急馳而過，看到這麼多綴滿花朵的農婦的車子，我除了滿懷高興，更有無比的敬意。

　　因為，我們居家附近，十數公里方圓內的綠意，全是這些綴花的農婦編織起來的。

　　我常常看到成排的農婦們，散在一片一片水光映著天光的水田中俯首插秧，像散著一行一行鮮麗的花朵，在高空下、曠野上，漫出多少生的氣息，她們走多遠，新插的淡綠色的秧苗，便佈了多遠，教人好不喜歡！一旦稻禾漸長，她們又來了，除草施肥都做得，鮮麗的花朵點在翠綠的田原上，對比得更加明艷了！一眼望去，舒展的眼界中，更有著躍動的情氛，誰能不由衷讚嘆呢？而在甘蔗園收割的時候，農婦們扮演的，豈止是綴花的美顏，她們更是再造大地的勇者，一片高過人頭的蔗園，隨著她們的足跡所到之處，成排仆下，這時，你會覺得，這些農婦們已從一束花化成了一柄刀，一柄柄鑲著珠金翠玉的寶刀。

　　其實，她們多是以腳踏車或摩托車代步，會合著搭卡車，必是跨鄉越縣，遠赴他地為人幫農的，成日別夫別子，在烈陽下、風雨中熬煉，在看來煦爛芳華的底層，實際上繫著多少生計的掙求呢？

　　思及此，我不由得低下頭來，但願她們返家之後，夫妻子女皆能相悅，吃一頓和樂的晚餐，還有香恬的好眠，明天，尚要以全部精力為大地織錦呀！

一串花

　　鄧伯老並不是老人的稱謂，而是一種非常美麗可愛的花。形似黃蟬，大似小碟，色澤雖不若黃蟬金黃般的明朗，卻在粉藍中透些紫的氣息，恬淡雅致，花瓣比黃蟬更薄幾分，輕盈婉約，在在皆羞如沈靜少女，我本來愛黃蟬的活潑明快，知道有鄧伯老之後，亦甚喜愛，二者予人的感覺雖截然不同，卻教人難以取捨。

　　我會知道鄧伯老，還是因為妻的緣故。

　　妻自小愛花愛草，小時候住鄉間，曾在放學時於路上尋找花蹤，一時忘了回家，害她的父母嚇得四處亂找。這個習性，長大後不但未減，反因這方面的認識多些，更為劇烈。幸好因為她有此癖好，居山時我們便嘗了不少野菜，辭山南遷後，也不會因為颱風菜價大漲，而使我們餐桌缺少大盤青蔬，因為鄉村的野菜實在不少，識者得之。

174

南遷之初，妻便不知自何處找來鄧伯老幼苗，種於屋側，該花屬蔓藤植物，沿壁攀爬，後來不但遮住窗櫺，且上了屋頂，鑽入瓦縫，長此以往，屋子的安全堪虞，我便費了好多唇舌與她商量，才得以移去，後來妻改植在小園一隅，那兒有我始終捨不得鋸去的枯樹殘枝，正好成其棚架，不多久，竟滿樹綠意，有如枯木逢春了。

　　昨天清晨，我在屋中小讀，竟見窗外一絲藍影，那兒遠樹參差，綠蔭綿密，不曾透出天色，怎有藍色的東西呢？走出屋外一看，竟是自枝頭垂下的一串鄧伯老！

　　單單一絲蔓莖，直垂而下，綴了七、八朵花，還有十來個小花苞，實在太美麗了，好想將它送給妻，可是又實在不忍傷花，但不折下，如何贈之？

　　還來不及想出兩全之法呢！我竟已不自覺的朝屋內大喊：「送妳一串美麗的花！」

　　妻迎出，我將手遙指那串鄧伯老，又說：「妳看！掛在樹上。」

　　我們遂在園中怔怔的看著，像兩個發現新奇事物的小孩，笑得有些呆。

幸福

　　家居附近的河堤，是我們常去的地方。

　　南遷之初，有段時間，我們每天清晨都到河堤慢跑，後來到了秋深霜寒季節，便懶了下來，不想過了年，春來夏至，惰性依舊，早晨照樣晏起，待到了河堤，陽光已烈，曬得我們渾身發刺，只好改在午後時分，騎著腳踏車肆遊於田野之間，直到向晚方歸，興致若少，則出門較遲，止於近處，與河堤的黃昏之約，即是重要的一環。

　　去河堤既選在黃昏，何妨帶些食物，連晚飯一併解決？我們便常常如此的一路聽風賞鳥，觀花鑑草而去。堤上不見人影，太陽將沉，暖而不驕，天空無比遼闊，裸露的河床漫漫無邊，殘留的一彎河水，則波紋柔細，悠悠然有如靜止，縱目望去，無疆無礙，形同太初化外，我們或走或坐，甚或躺在堤上，隨取自由，直到肚子催喚，才知

道進食，卻也是邊吃邊敘，無論天地宇宙，或是家常瑣事，都可天馬行空的談論，不怕有人笑話。

那天在堤上坐至渾忘所屬，忽見白鷺數隻，自藍天、自水湄、自草叢、自綠林間，開展翅膀，不拍不抖的乘風滑過，如舞者展藝，如知友輕呼，卻聲息全無，連天籟也斂，不禁嘆道：

「在這個世間，像我們這般幸福的人，實在太少了！」

妻並不應聲，只見她的臉龐在藍天白水間，閒適有如淡雲素花，怡然自得。

幸福？

我們到底擁有什麼呢？堪以如此自足？

正在一片一片送進口的食物，是前一天購自沿途叫賣老者的兩個窩窩頭，無甜無鹽亦無餡，不過佐以妻出門前炒就的兩道小菜而已，但是這種麵餅，鬆厚綿實，細細咀嚼，滋味無窮，間或吞一口裝在保特瓶中的開水，便足以潤口生津，好不快哉！

我們的衣著，雖不涉名牌，只在鄉間小舖、夜市地攤擇之，但無虞保溫，形色也不至僋俗，尋常代步的腳踏車，雖然漆色早褪，繡痕斑斑，機件卻尚佳，不辭勞服；鄉間污染固然日增，但到底人口稀少零散，空氣依舊清新，眼前的這條河流，水量雖不多，水色亦不足以言碧，但流動無窒，難見雜物，而我們可以不受任何約束，臨時造訪，

隨興徜徉，這般生活，在此濁世，就我們有限的認知來看，
便覺可稱得上幸福二字了！

看雲

　　很久沒野餐了，今晚要不要去呀！

　　好呀！

　　黃昏的時候，妻興沖沖的問，我亦興沖沖的附和。

　　所謂野餐，便是將晚飯裝入鐵飯盒裏，到附近的堤防上吃就是了，堤防空曠無人，眼界遼闊無垠，是我們常去的地方。

　　腳踏車放在堤防上，人坐在堤防沿，腳長長的伸向堤防的斜坡，各人捧著一只飯盒，就是野餐了，除了鐵盒裏的飯菜，眼見的景物，身子感受的空氣，耳朵聽到的聲音，兩人隨興而發的談話，卻是果腹佐餐的妙品。雖然，我們每次去的地方，全是同一處堤防，堤防外的河流、草原、廢地、以及被推到遙遠處幾與地平線同樣位置的樹木屋舍，已渾然不見層次，都已非常熟悉了，但是，仍不時

在些細微的變化。青草長了，荒草仆了，那邊怎麼多了一個池塘？還散了點點白鴨？白鴨什麼時候不見了？池塘也枯了！河岸的土地有人種些植物，芒果啦！蘆筍啦！南瓜啦！蕃茄啦！種類與形貌都不時改變。其實，我們不是為看這些改變而來的，甚至於，也不是觀賞廣大視野的風光而來的，我們只是要藉以舒展心胸，親近無所約束的自在而來。

哦！妳看那一大朵雲，雖然同是白色的，層次變化卻那麼多，和在飛機上看的一模一樣欸！

那朵雲太亮了，我眼睛受不了，你看那邊那一朵，一團灰濛，卻襯在那麼清澄的藍天上，真是詭譎啊！

那朵雲像小狗。

不！是一隻熊。

哈！已變成一條龍了啦！

龍鬚龍角全散了，它現在是一個長頸鹿的頭。

我們不知不覺的，都變成小孩子了！小孩子的新奇，小孩子的幻想，小孩子式的爭執！

飯早已吃光了！雲卻還看得不夠，回程的時候，我們繞個大彎，往田野深處而去。

在堤防上，可以看到一半的天空，可是另一半卻教更高一層的堤防擋住了，但是在我們正在穿行的田野間，天空卻是全無遮攔，有邊無涯，全在一雙眼中。

你看，遊龍戲鳳呢！

妻打趣的說。

什麼？是一匹漢馬，還有幾隻小老鼠啦！

原來，妻看的是天心處的兩條長雲，我看的，卻是天邊的一排雲塊。

在田野上，視野大雲朵多，常常你說的是那片雲，我看的卻是這朵雲，爭執也就不斷了！

我們老在意雲朵像這個，像那個，雲的美，卻全領會不到了！

領會不到自然的美，卻拾回一些童心，也不錯呀！

又是一番爭執後，我們笑開了，笑得很大聲，田野無人，卻驚飛了兩隻枝枒上的斑鳩。

楊桃花

　　沒有想到，楊桃除了結果外，也會開花，而開得狂，開得燦爛，開得明艷，連桃花都跟不上。

　　畫室兼書房的一扇窗前，因為有一棵楊桃樹，成天擠滿了綠，有陽光的時候，綠意更會映得滿室，就是炎炎夏日，也見幾分爽適。

　　綠多，便是枝多葉多，風，似乎會順著舞動的綠葉飄入屋中，滿室迴盪，有綠有風，一棵楊桃樹，便足以為我去暑卻溽。

　　有一次，竟發現，它還結了果，這已超出我可以想望的歡愉之範圍了。

　　那一回，大概結果得早，我們搬來不久，只依稀記得，似乎曾開過一些細細碎碎的小花，隨後便陸陸續續的掛上許多小楊桃了。

小楊桃長得快，形色與葉子相當，常日觀葉之餘，往往是不經意的才發現到，果子又長大若干，什麼地方，又冒出了幾粒鮮嫩小果。

　　很快的，果子成熟了，蜂兒、蟲兒、鳥兒便群來饗宴，有時，連蝴蝶、飛蛾、蜥蝪也來，因為有蜥蝪，貓兒也不時來捕食了！

　　一樹楊桃，竟成了一個小小的動物園，平添好多生趣。

　　我因而慶幸有這棵楊桃樹，因而慶幸有一間好居處。

　　其實，這番景象，比起花開時候，又遜一籌。

　　當果子落盡，回歸靜止的時候，似乎才過不久，楊桃樹的莖幹上，竟這兒那兒，冒出好些小紅點。

　　楊桃幹是灰的，楊桃葉是綠的，在一片灰灰綠綠之中，加了這些小紅點，不免有些突兀，可是，在知道那是新綻的小花苞後，我立刻轉為驚喜。

　　這些小花苞，來勢甚猛，不止樹幹上，連細枝上、綠葉間，都急速的蔓延開來，沒有多少天呢！滿樹紅艷，綿密的綠葉、裊娜的枝條、粗壯的莖幹，似乎全都遁之無形。

　　楊桃花的搶眼，固然在於數夥，更在於色艷。

　　它的花瓣，端白心紫，花托則除了靠紫心瓣的地方，繞一線淡黃外，全髹上殷紅，而且，連托花的細小枝枒全是紅色的，它就這麼數十朵小花結成一體，綴成一束紅紅白白，燦燦艷艷的小花球，一枝百十個花球，一樹千百枝，就成為百十萬個數不清的立體花海了！

花不是靜的，除了風來款舞，還會應熟而落，落得薰薰然然，如簾似霧，樹上、樹下，全是紅燦燦的花，比較起來，瓣大朵少，色和形緩的桃花，是萬萬跟不上它的風頭的。

當然，蟲兒、鳥兒，更是忙不迭了，尤其是蜂兒蝶兒，徒增數倍，不時令我眼我撩亂。

還好，楊桃的花期很短，稍縱即逝。它實在太花亂了，偶以遣興即可，若長時紛擾，便會生膩。

我還是比較喜歡一樹綠意，它是教人穿過眼簾，以心領受的。

風箏

　　鄰近的一所小學請妻去當幾天代課教員。

　　妻去了，立刻成為孩子們的好朋友，法寶不外有三，一是妻會跟他們玩，再是她絕不會打人，更重要的，是小朋友們會的名堂，正好她都懂一些，就是不懂的，也耐得下性子讓他們亂七八糟的教。

　　因此，每天聽她回來時報告的一大堆軼聞，我就不知道，她是去教書呢？還是去遊戲的？

　　最巧的，是她去了不久，便值學校裡放風箏比賽。

　　更巧的，是她大一時，做了蜈蚣風箏，十三、四年了，竟然還保留著。

　　比賽前一天晚上，她把風箏找出來，一攤開，竟然長達十八節，十八節的大風箏，可想而知，在一個全校師生

僅兩百人的鄉間小學臨時舉辦的風箏比賽裡，一定是件驚天動地的事。

風箏的羽毛掉了幾綹，拔下雞毛撢子的毛立即黏上，我再用黑、紅、綠等幾個鮮明的顏色，在十七個白紙盤上塗了簡單的造形，這條蜈蚣立刻搶眼起來。

那天放完風箏回來，妻的臉龐喜憂參半。

喜的部份，不問可知，她一定又風靡全校了。憂的是，放風箏時，每個小朋友都要來插一手，風箏的兩邊排滿了人，十八節，便明擺了三十六個人，碰不到風箏的，排第二線也好。只要手臂伸長了，可以抓住一綹羽毛便心滿意足，這樣子，全校的學生便去了一半了，剩下的一半，並沒閒著，長長的風箏線上，竟然像另一條更大更長的蜈蚣，掛滿了小朋友的手，連他們最嚴厲的老師都無可奈何，加上風不大，這條蜈蚣，便從可望成就的天上之龍，變成地上之蟲。比賽結束時，竟是僅有的，不曾飛起的一個風箏。

妻回來說，以前飛過的，這次怎麼飛不起來？

其實，小朋友幫倒忙也好，風勢不大也好，都不算原因，真正的問題在於風箏故障了！

十幾年，山可平、海可填，單單薄薄，脆脆弱弱的紙風箏，不知經過多少遷動，怎能不壞？

總而言之，這是一具中看不中用的風箏。

可是，曾花上好些心血的東西，怎捨得丟棄？

不中用嗎？不！風箏之用不必非得在飛。

現在，我將它懸在天花板上。

我們的屋子，便隨時都覺得有風了！更美的，是隨時臆想著如風箏般，可以乘風悠遊的興味。

這兩天，我每處屋中，又會感覺到，原本密覆瓦片的屋頂，竟似開了天窗，天光透進，身子似與天際相融，復得一番逸趣。

抬頭一看，才知風箏上的留白部份，像鏤空了！十八節蜈蚣，便有十八個天窗，十八個天空，而且不懼酷陽直射之苦，此風箏之用，似乎比凌空飛還大呢！

很大聲，但很靜

那天，大哥帶著他的朋友來，走進寸園，立刻露出非常驚訝，又很歡欣的語調說：「你們這兒很靜，可是，有一種聲音很大，但感覺還是很靜，是什麼呢？」

由於那位朋友年紀不小，不太懂得國語，這種大而靜的聲音，我又不知閩南語的說法，一時間，只好以笑答之。

其實，這種聲音，無所不在，無時不有，它叫做「天籟」。

大哥他們自北南下，經過鬧市，經過高速公路，開了幾個小時的車，沿途車水馬龍，噪音連連，到我們這兒，房屋稀少，四周多樹，餘音不至，便會覺得出奇的安靜，因為安靜，天籟便俯臨掩至，但仍不失寧謐的氣氛，所以友人說，很大聲，但很靜。

我不知什麼時候開始聽到天籟的，依稀記得，在聽到的同時，我的心中便無由的歡喜起來，好像游入一個曼妙廣邈的虛空之中。

　　自此之後，我便不時可以聽到它，不過，必須要在內心澄淨、無所疑慮的時候，與外在的環境，倒無太大關係。荒山野地可聽，斗室隅角可聽，鬧市街道亦何嘗不可聽？

　　我曾住在瀕臨大街的地方，汽車轟然的馬達聲和天籟同時齊鳴，只是，它們來的管道不同，車聲由車入，有一個發聲的定點，天籟則無所不至，初以為如蜂一般，盤旋頭上天空，自腦際穿入，復以為四肢肌膚皆可受之，最後，才知由心所生，而與不可捉摸的無上之界相通。

　　我曾住過鄉村、山林，那兒無人聲車雜，天籟就純淨得多，像無涯海洋，你似其間泳著，身之周遭皆水，水便是無所不在的天籟。

　　不過，處市集的時候，天籟還是較少聽到的，我畢竟沒有一顆完全純淨的心，無法摒絕外緣。到了山林，外緣既淨，天籟便自易得，但也不是無時皆在的，因為，我的心靈仍不夠純淨。

　　隔了些年，也自覺得，山林不是想像中那麼純淨的，我便捨下它，如同當時我捨下鬧市一般，像逐草而居的牧羊人，重覓新土。

　　我們終於找到了這塊介於市鎮山林，又不見街不見野的地方，以為已是天府之國。沒想到，這兒有間大廟，

多所學校，寺廟學校，應是無比莊嚴靜穆之處，可是，它們時或傳出的噪音之多，卻非始料所及，只是因爲稍有距離，聽之則有，不聽則無。

聽則有？不聽則無？

天籟不就是如此嗎？世間豈無了無外緣之境？

原來，天音如同心音，端賴己身能否映之。有多少人，身處靜室，領受的，不是天籟，而是排遣不開的寂寥呢！

寸園裡，大半時間，還是了無塵音，非常安靜的，也許處之甚久吧，雖天音不斷，並不覺其大，有心而不覺心在，我似乎意會到初聽時的喜悅所未能契得的恬然。

麻雀與蝙蝠

　　我的畫室是瓦室，當初建蓋的時候，木樑與牆壁之間，水泥未曾填實，留下一個小洞，便成為與外間相通的孔道。從這兒造訪的客人，有過麻雀，也有過蝙蝠。

　　一年前的一個午後，我在僅一牆之隔的臥室小睡，突然聽到噗嗤噗嗤的聲音，這種聲音，我已熟識，不論在空山，或在寸園，飛鳥拍翅，橫空掠樹，屢聞不鮮，只是盡皆室外，如今怎到屋裡來？

　　我滿懷歡喜，一躍而起，但見一隻麻雀，在屋子的上方，來去翩翩，狀甚快樂，因亦仰頭追尋，歡喜不已。

　　可是，過了好幾分鐘，牠竟絲毫不歇，這時，我才想到，莫非牠以為誤入牢籠，更因見我到來，驚慌奔逃之故？

我遂縮至牆角，任牠自飛，隔了些時候，看牠棲上屋樑，不到半分鐘，稍不注意，便突然不見蹤跡。

　　經仔細勘察，才知樑上有洞，麻雀已自此遁去。

　　過了幾星期，夜半三更，睡夢裡，恍恍惚惚的又聽到拍翅的聲音。

　　如此深夜，何來麻雀？再奔至畫室，扭開燈，竟是一隻黑漆漆的蝙蝠。

　　蝙蝠如同麻雀一般，看起來是那麼盡情盡性的飛，可是，我卻不似往昔，不但未曾歡喜，反而不自覺的滋生警惕之心，明知牠雖然四處翱翔，卻因有特殊本能，不會碰撞我身，還是戰戰兢兢，不敢疏忽。

　　蝙蝠，幼時看童話，總是加上可怕的色彩，長大後，雖增加一點認識，亦不能產生多少好感，尤其是形相醜陋，倒懸而棲，夜間活動，在在與人類習性不同，排斥心理因之衍生。

　　蝙蝠飛了好幾分鐘不曾稍歇；其實，牠雖有回音辨位的腦波，並不能保證絕對不碰著東西，也許是空間太小，牠的飛行太速吧？也許是懸掛日光燈的鐵鍊太細吧？有好幾次，便聽到撞擊的聲音，只見鐵鍊猶在晃動，牠早已迴旋一圈，又猛衝過來，有時候，牠竟會連續的向同一面木板牆撞去，碰碰作響，就在牠再三撞擊的地方，有著一張我睡前寫就，隨手釘上的毛筆字。

這幅字，著墨不多，寫字的紙是又薄又軟的素宣，可是，牠撞了那麼多次，竟然一點汙痕也無！一點破損也無，實在令我驚訝！

　　看似汙黑、詭譎無比的蝙蝠，卻是如此乾淨而纖細的動物啊！要是換成有著尖喙利爪的麻雀，縱然可使素宣潔淨如斯，卻能安保完整無虞嗎？

　　可是，為什麼日後發現樑洞間有麻雀為巢，心中又是滿生歡喜，而再看到蝙蝠繞室嬉飛，卻仍立生警覺呢？

　　人，多麼會被環境與教育扭曲物性本相啊！

　　因著對於麻雀與蝙蝠歧見的自我反觀，使我長思多日，無法或已，立地數十年，有多少意識，是不被外緣，無論是傳習或風尚所蒙呢？再看望世間，又見多少清明法體呢？人類，竟是如此盲目而又薄弱的動物啊！

落花

　　寸園門外的小路旁，有一棵破布子，一夜風起，細細碎碎的小花墜了滿地，全乾枯了，映在水泥路面上，像綴了漫天星辰，只是色澤互易，闇黑的天空褪成純淨的灰白，明燦的星斗，蘸成濃黑的暗點，顯得有種寂靜的美。

　　花，人人愛其鮮活亮麗，所謂乾燥花，也是一項追慕鮮花的不得不然之舉，也有人愛花卻不種花，因怕芳華過後，殘花萎地，不忍睹之。其實，枯花自有其韻，但以全新之眼觀之，實同鮮花一般，是生命運轉之象，初蕾不染纖塵，枯花歷遍大千，前者令人悅，後者令人思，皆足涵詠。

　　年輕時曾居山中佛寺，寺前有小徑，一日清晨閒走，見山壁桂竹在霧中搖曳，忽顯忽晦，若有所訴，先就一份歡喜，行不久，更見滿地盡是點點紫色小花，隨著我

步履的前移，小花自霧中漸次浮現，漸次明晰，尤為淒美，因得句：

滿地墜花，似點點有情淚；

霧裡風竹，疑字字無法偈。

可是，卻怕踐了落花，不敢再往前，就此折返寺中。後來，有緣居得空山多年，山中油桐林遍佈，到了五月落花時節，樹上綻的，空中飄的，地上鋪的，水面游的，全是白色的油桐花，山山相連，脈脈皆白，有如瑞雪覆地，這樣的美，這樣的氣勢，豈止教人憐惜，更要令人讚嘆造化的神奇了！

看過木棉花落嗎？

嚓！

這麼一聲，由枝頭上墜下來，從此，紅艷艷的，或是黃澄澄的花朵，先就折身傷膚，步步失離芳魂。

桂花是比佛寺的紫色小花，比寸園前的破

布子花更細碎的。最早看見辭枝的桂花，是在北部一個半山上的石窟中。石窟供奉一尊頗大的佛像，佛案上有一小碟，碟裡盛著似黃還白的桂花瓣，香味猶新，轉身看著沿山而下的細長石階，以及山腳下櫛次鱗比的屋舍，頓有泫然欲泣之感。

曼陀羅花形如百合，卻婉約矜持，成熟嫵媚皆有過之，我們居山時，隨處種植，一屆花季，全山濡白，素淨清芬，令人慕不能止。

我們還有一片果園，李花、梅花、梨花，比曼陀羅更皎潔，也更亮麗，一旦開起花來，襯著重綠山谷，如寒夜望金星，閃爍燦爛，無端逼人。最可愛的，當然是毫無節制的，整片整片開著的橘花，我們只要在園中小走，必定撞得花雨遍落，返得山齋，衣上、髮上，點點花瓣，常使我們夫妻兩人，喜不自勝。

最熱烈的是向日葵，沒想到，枯萎時，竟也最憔悴，以其花大，花瓣見一寸一寸縐起來，金黃色的色澤，一絲一絲暗晦下去，形色俱失，精神蝕盡，真是令人噓吁！

鮮花枯花，固然都是生命之象，但真能以平常平衡之心，坦對二者，許是還得一番修為吧？我願意學習，學習不為花影所迷。

佐餐的鵲聲

　　遠居他國的朋友帶著兩個孩子來玩，小兒子才五歲，天真可愛。我們邊吃飯邊聊天的時候，忽然樹上響了一聲：「嘰嘎！」

　　小傢伙振奮了一下，朋友也說真好聽，忙問是什麼鳥？

　　「樹鵲啦！是烏鴉科的喲！」懂鳥的妻，有一點調侃的賣了一下小學問。

　　「烏鴉的聲音那麼難聽，牠的親戚怎麼叫得這麼好聽呢？」

　　散散的談了一些，也就言歸正傳了。所謂正傳，也是聊些旁人聽來有的沒的，對友人和妻來說，卻是津津有味的往事。因為她們是高、初中時的至交，而且二十幾年來相聚僅數回，最近的一次，也是五、六年前的事了。

「嘰嘎！」

又叫了一下。

小傢伙舉起兩根指頭，算著兩聲。

「嘰嘎！」「嘰嘎！嘰嘎！」

一下子，他的十個手指頭掰完了，我暗中想看好戲，看他會不會提起腳來繼續算下來。

「嘰嘎！」

沒想到，他把手指頭全縮起，變成兩個拳頭，然後，再伸出右手的食指，好像一團泥土新抽了一株芽，神清氣朗的有些得意之狀，唸著：「十一！」

我有點失望好戲不上場，卻很驚佩於這麼小的孩子可以應變得這麼快。

接下去，多少聲鳥啼都難不倒他了。

「算到二十就好！」

媽媽擔心他賴飯。

到了二十，他當然欲罷不能，吃飯的工作變成媽媽代勞，他只管張嘴嚼食就好。

四十、四十五、四十八、五十！

不知是樹鵲或小傢伙較有興頭，或較為愛現，竟然不斷地耗下去。但到了五十，小傢伙打退堂鼓了，飯，竟迷迷糊糊也吃得差不多了。

友人終於放下碗筷，饒小傢伙不必吃飯了。

我有點覺得，哄小傢伙吃飯的、供小傢伙佐餐的，不是他的媽媽和飯上的菜餚，而是樹鵲的啼聲。

　　小傢伙吃飽了，友人舒了一口氣，樹鵲還是繼續叫下去。只是，聲量未見減輕，我們卻漸次覺得淡了，只是一聲輕似一聲的淹入友人與妻專注而欣奮的談話聲裡。

雜音天使

　　我平日喜歡哼唱，但大都曲不成曲，調不成調的。十幾年前，常和年輕朋友相處，尤其常聚在新店溪畔爭相放歌，仗著當時自己也年輕，嗓子尚健壯，竟曾得到他們封我為臺灣卡羅素的謬讚，有的人更略帶惋惜的說我應該學聲樂才對，不過，也不知多少回，被笑話五音不全。

　　五音不全是一點也不誇張，不要說五線譜不會看，就是簡譜也可以不按音律隨興高低，至於節拍長短更是自在，全憑一時心境。有一次，獨立河岸，面對悠悠流水，我竟可任意填詞譜曲，唱了足足四十多分鐘方歇，不期然身後冒出掌聲，久久不已，繼而一聲讚美：沒聽過這麼好聽的歌，詞曲皆佳！竟是一位對音樂文學頗具素養的友人的美言。

有一次，我遷居中部鄉間，年輕友人來訪，他騎著腳踏車載我遊小鎮，不知不覺間，歌聲響起，不知過了多久，他突然發問：「嗨！老師啊！你在唱什麼呀！」

　　我猛然初醒，才知正一路攢句歌唱，因而不假思索的說：「我正唱到牆上貼著的吉屋出租，三房兩廳衛全……。」

　　繼而相互大笑，旁若無人，幸好，街上也真是無人行走，否則豈不太過猖狂？

　　這麼多年來，我一直未改其樂，居山唱山，臨海詠海，田野間，斗室中，即不斷有歌聲，雖然大半是曲詞無定，發前人所未有，或東抄一段，西接一截，自得其樂，也幸而妻有此能耐，不以噪音相責。有一次，兩人各騎腳踏車競走鄉間寬敞而無人車的道路，我仍是一路歌唱，竟不覺當日寒風颯颯，以至喉嚨灌了太多風，吵啞到必須就醫的地步，此後才稍知收斂，不敢過於放肆。

　　前兩天黃昏，到鎮上影印一點文字，回來竟已入夜，鎮上與家居之間，有曲折長巷，非常幽靜，不論是我們夫妻同行，或我獨自外出，都喜走此路。影印回來，自亦悠哉遊哉循此而回，不知不覺間，我又歌聲連連了！可是，不知什麼時候，竟聽到另有歌聲響起，也是咿啊不成曲調的，兩個人合起來足足譜了七、八個音！

　　怎會有如此知音？偏過頭去，只見一位約四、五歲的小女孩，竟神奇的邁著大步大聲唱歌呢！我趕緊停了下

來，仔細聽她的歌聲，發現她的變調雜音之造詣，比我更勝一籌，我只有甘拜下風，默默的看她漸行漸遠，歌聲卻像煙火一般，仍不時在天空爆開，我好喜歡的笑了！

白頭翁不識字

　　屋後的兩株桑樹，皆一人半高而已，卻非常爭氣，長了很多桑椹。

　　每天，最先造訪的必是白頭翁和綠繡眼，尤其是白頭翁，幾乎是無時不到。

　　我最愛在屋內透過窗戶看小鳥吃桑椹了。由於隔一層紗網，便似乎隔開了兩個世界，鳥兒們便對我這個僅僅不過兩三尺距離的人全無戒心。

　　白頭翁比綠繡眼大些，吃起桑椹來也粗豪些，不！簡直到了暴殄天物的地步。往往一顆熟透成全黑的桑椹，被牠啄一口便掉了，牠根本不知道飛下去撿，只是錯愕了一會兒，扭下頭，又啄另一顆了！有時候，更是啄一口，不管桑椹有沒有掉，又去啄另一顆了。因此，一顆顆像串串精緻小葡萄的果子，便東缺一塊，西凹一坑的，看得令人

可惜。有的更貪心呢！狠狠的啄下了一整顆果子，銜在口裡，卻因爲太大了，吞也無法吞，吐又捨不得，直到在不斷張口猛吞，並晃動著，令果子好入喉的當兒，不小心，晃歪了，果子掉落，才若有所失的又去啄別的地方。這時，我反而鬆了一口氣，不爲牠受罪的嘴喊屈。

由於桑椹太會長了，鳥兒怎麼吃都吃不完。因此，我們也化成小鳥了，每天都會拿著碗去摘桑椹。

桑椹和別的果子不太相同，不是一下子全都熟的。它是在一個階段裡，生熟交雜、老幼接替的。所以，你同時可以見到似乎才出娘胎的小桑椹，青青嫩嫩的，全身還長滿了捲曲的小毛，像條毛蟲娃娃似的。稍長一些，毛褪去了，果子漸由淡紅轉深，而後黝黑如漆。黑而晶瑩的果子是完全成熟的，正好摘取。可是，桑椹似乎是最調皮的果子了，它可不是順應天命，乖乖巧巧的整顆漸次成熟的，往往是頭深黑了，尾仍是一色的紅，甚至更只是淡紅。這時，你是摘或不摘呢？摘，未免還太酸澀；不摘，也許入了夜便熟了，第二天清晨起來，一看是滿地熟透掉落的果實，寧不心痛？

足足有兩個多星期，清晨是白頭翁瘋，接著，便是我和妻輪著瘋，只爲忙著摘桑椹。可是，昨天後鄰果園的主人來噴農藥了，由於近在咫尺，怕受波及，我們相約停摘桑椹一個星期。

看著會陸續掉落的滿樹果子未免心痛，但是進一步想，休息一段時間也好。可是，白頭翁可能不知道桑椹有農藥，誤食怎麼辦呢？很想插個警告牌子。然而，白頭翁是不識字的，有什麼用呢？

　　無奈之餘，只有祈求上蒼護佑了。

小小旅行家

　　一位旅行家，身子圓滾滾的，像個大旅行袋，一跳一跳的，沿著小院的紅磚小徑，對著我來了。

　　是一隻小麻雀，剛剛說過，牠不是用走的，而是用跳的。會以跳代走的動物，大都是很可愛的。像青蛙，有誰不喜歡呢？蛤蟆雖然一身疣，動作慢吞吞，我卻獨喜牠的老實敦厚相。至於螽斯、蝗蟲等昆蟲的蹦躍特技，簡直像神話般美麗，就算是人，到了七老八十了，走路時興致一來，便跳他兩、三步，一定會使自己年輕許多，若有老伴同行，也必哈哈笑個不停。

　　這位小旅行家，可不管我的胡思亂想，三跳兩跳，歪到小徑邊緣了。我真擔心，再過去就是玉蔥花了，雖然尚未開花，但那綿密的針葉構成的綠牆，比小麻雀高出好幾倍呢！沒想到，牠雙翅一展，便輕輕鬆鬆的飛過綠牆，降

到草坪上的一棵枯樹頭上！麻雀竟也能飛？看牠跳了好一會的我，竟然忘了牠是能飛的族群，兀自失笑起來。

　　枯樹頭有什麼好玩呢？小麻雀偏偏頭，又跳到樹頭頂端的一朵菌菇上面。

　　菌菇的形狀很柔美，也非常平坦光滑，像一個精美的臺座，小麻雀站上去，宛如一尊雕塑精品呢！她左顧右盼，有幾分得意的樣子。可是榮耀似乎不太吸引牠，不到半分鐘，便飛降到草坪間一塊古老的大紅磚上。這塊磚，是早期建築用的材料，比現在的磚大四、五倍，早已沒人製造了，友人送了幾塊，我們一直當作寶貝，且鋪在草坪上，當作通往石椅的便道，莫非麻雀有知，也加以垂顧嗎？

　　牠在大紅磚上轉了一圈，跳到草坪上了，不知是否地勢的關係，嚇！偌大的頭竟然高出草皮上，像隻小恐龍，沒想到小麻雀竟也有顯得如此巨大的時候，只是頭還不時晃動，顯得稚氣未脫罷了。忽然扭下身子，立即往我筆直飛來，難道要來交我這個朋友嗎？哦！不是！大概由於紗窗的阻隔，牠根本沒看到我，才臨窗前的楝樹，一個大轉身，便彎到旁邊的馬拉巴栗葉上。

　　大概葉子太滑，或停落的角度不對，向下溜了一下，拍拍身子，換根瘦枝，停了一會，晃晃頭，似乎在想著，窗子裡怎麼有個大東西老盯著牠呢？覺得沒趣，將翅膀張到極限，一瞬間，沒入小院前的樹林裡了。

前後大概十分鐘吧？想一想，這竟是我有生以來，對單一麻雀注視最久的時刻呢！我覺得好像獲得一串稀世珍寶，很歡喜，很滿意的兜入胸懷。

大無畏蝴蝶

　　蝴蝶，多麼美麗嬌嫩的小生命啊！我們對牠的聯想，除了絢爛的彩衣外，便是翩翩舞姿了，牠的身子那麼柔軟，牠的翅膀更是脆弱，你只要輕輕的觸撫它，鱗粉便掉了你一手，若不小心著些力，翅膀便會破了。我曾看過一隻墜在地上的蝴蝶，牠的翅膀破碎了，在空中隨風起伏，有如遇海難的風帆，附著在牠已奄奄一息的身軀上的幾根細腳，仍在做最後的掙扎，看牠們一再抽搐的顫著，心頭真是不忍，不久之後，細腳不動了，蝴蝶已完全安息，破碎的翅膀終至斷裂了，斷裂開的碎片隨風而去，留下的殘軀最後當是化為塵泥。

　　這就是我們眼中的蝴蝶，美麗而脆弱的象徵。

　　可是，蝴蝶真就是這樣的嗎？不！一點也不！甚至於，牠有比人還堅強勇毅的一面，令我由衷感佩敬仰。

那一天，雲籠得又黑又厚，到了下午，雨便來了，迅即雷電交加，不可遏止，不知什麼時候，我發現小院的柳條上停了一隻蝴蝶，由於天太暗了，加上逆光的緣故，我無法辨識牠的顏色，像是黑色的，一點也不遲疑的停在隨風起伏、隨雨顫動的柳條上，到了夜裡，閃電更狂了，我在屋內，雖然點著燈，還感受到閃電肆虐的威力，閃電如此，雷更肆無忌憚了，才覺遠在天邊，忽然暴裂在你頭上，幾乎使得整個人都要炸了開來。這時候，雨更暴了，嘩啦嘩啦的，像天撕開了大縫，萬頃之水一古腦兒全倒下來了，攪得人心中惶措不安，世界末日也無非是這般景象了，我們人在屋中，受到的震撼已是如此巨大，那麼，柳條上那隻嬌嬌小小，僅一寸見方，支著兩片薄翅的蝴蝶呢？

　　我立刻拿起手電筒緊貼窗戶照射出去，只見蝴蝶仍在，姿勢一點沒變的安安逸逸的領受這急電、暴雷、狂雨的大洗之禮，我不知看了多久，這世間，似乎不知被翻攪多少回了，蝴蝶依舊，我的內心，漸從憐憫提升至景仰之境，相對於這隻小小的生命來說，我這形軀大牠千萬倍，還躲在更大無數倍的屋子裡的人類，才真是柔弱得無以復加呢！

　　第二天早上，雷電暴雨都停息了，我還是有點不放心的趕緊推窗外望，柳條上已杳無蹤影，再蒐尋地面，亦了無蝶屍，我才完全放心了。蝴蝶，終於熬過惡魔之夜，如

今，又已展翅飛翔，為人間舞動輕盈美麗之姿了。也許，
等一下，便會繞回小院，和我打個招呼呢！

飛舞的小白蛇

　　清晨起來，打開那兩扇的木頭門，咿呀一聲，小院的綠影天光，立時灑了滿身滿眼，好像醍醐灌頂般的清新舒暢。

　　可是，今天似乎有點不一樣，還增添了一份靈動心思。

　　為什麼呢？小園的一枝一葉，我都熟悉極了，可能造臨的小鳥小蟲，我也如數家珍的，會有什麼東西引出新味呢？

　　哦！是一條飛舞的小白蛇。

　　小白蛇的頭很大，顏色很白，牠飛舞的姿態和一般蜂蝶鳥都不同，亦不同於水中的游魚。牠是用牠的大頭小孩也似的猛力甩著，身體便上下巨幅抖動的盪開來，細長的身子，像尺蠖行走一般，誇張的隆起背部向前移動，可是，

由於身長的限制，尺蠖只能隆起一次，小白蛇可是隆起很多次呢！只是一道比一道淡些，以至於無罷了！也許可以比喻成遠觀黃河的九十九道彎吧？不斷蜿蜒，最後隱入雲霧蒼茫之中。不過，黃河是多麼沈重啊！

它也只能貼地迤邐，哪像這條小白蛇，在半空中、在碧綠的蛇莓圃上、在鬱青的桂花樹前，自由自在的飛舞著呢？

其實，我觀賞小白蛇飛舞的時間，也許只有兩秒鐘而已，但卻給我許久許久的喜悅，到現在想起來，心頭仍然欣快莫名。

兩秒鐘，很短暫呢！因為，我當時尚是惺忪的眼睛已然清醒過來了，能看清楚，飛舞著的其實不是小白蛇，而是一隻小粉蝶。

白色的小粉蝶，院子裡是常有的，只是，以前看牠時，都不在凌晨初醒之時，眼睛澄明些，也就不會由於視覺暫停作用的關係，將粉蝶的身形拉長，疑為小白蛇了。可是，以前看飛舞著的小粉蝶，固然也是歡喜異常，但為什麼沒有這次的昂奮呢？莫非是添了一份新奇？

其實，小蝶自是小蝶，牠的飛舞，牠的生機靈動，是活潑生命的映照，縱使有會飛舞的小白蛇，何嘗不如是？小蝶也好，小白蛇也好，有什麼分別呢？牠們飛得高興，舞得快活，我看得歡喜，領受得怡然，有什麼不同呢？

我不禁反觀自己，但願以為看到小白蛇飛舞不是為了一份新奇，而是多觀望到一種生命訊息的喜悅。

　　想到這兒，院子裡的黃金葛和馬拉巴栗的葉子，苦苓、欖仁樹的細枝，還有綠繡眼、白頭翁、蜜蜂、蝸牛，甚至於石頭、沙土都說話了：

　　「嗨！我們都在吔！你怎麼只談到小粉蝶和小白蛇呢？牠們和我們有什麼不同呢？」

信然

很久不見魚狗了！

前兩個星期，發現院子有隻魚狗，如見故人，高興極了！

魚狗原名翠鳥，因為一身如翡翠般鮮綠的羽毛，而得此名。又因為喜好捕小魚為食，被稱為魚狗；更因捕食時，必佇立水邊耐心等候游魚，活像釣魚老翁，所以又名為釣魚翁。

最早看到魚狗，是十多年前客居中部的鄉間，我住的三合院，有一道水渠、每次經過，大都會看到一線綠影在我眼前十數尺之處向前筆直拋去，直到稍遠處的草梗或竹枝上，才停下來，待我走近了，又飛去，又停，如此一再反覆，從不例外。

後來我看清了，原來是一隻美麗的綠色小鳥，我也看明白了，牠那圓滾滾的身子，大大的頭，和一只又長又尖的嘴，像極了極盡誇張能事的漫畫造型。

　　在鄉村住了一段時間後，我們遷居山中，山下有一條偌大的清溪，魚狗多些了，有時在相距不遠的河岸上，可以同時看到兩隻、或三隻的魚狗，如果同時飛起來，翠藍的小點在碧綠的水面上劃來劃去，好看得教人難分虛實，是景是畫？

　　遷到南部平原，由於不臨水流，就是有時到鄰近的河堤小坐，也不曾見過魚狗，從此，魚狗在我腦海中便似乎褪去顏色了！

　　我們的院子裡有一豆棚，那天遠遠的便發現不知何處飛來一隻魚狗，就站在豆蔓上，驚喜之餘，卻覺得有些納悶，因為，牠竟然長立不動，甚至我為了避開樹影看牠，移了幾步，牠也毫無所覺，這與我認知的鳥兒都有和人保持某種安全距離的習性大不相同，接著，又覺得牠的身體似乎小了些，也許是魚狗寶寶吧？我百思不得其解。

　　我終於忍不住了，挨近了幾步，才看清楚，原來，它不是一隻魚狗，而是一片半焦的捲起的豆葉。

　　怎麼會那麼像呢？仍然鮮綠的葉身，正像魚狗青翠的身軀，而已然焦褐的葉頭葉尾，更像魚狗褐紅的長喙與雙足，但聞動物模仿植物極為相似，沒想到，植物無意間的擬態於動物，更是形肖如此！

我一直看它，久久不捨離去，恍惚以爲，這片豆葉即是隻活生生的魚狗。

　　世事本幻，所謂實實虛虛也者，端賴一心，古諺人生如戲，能將人生這齣短短戲碼演得盡力透徹，誰說不是豐饒的生命？有人說：如果一個人永遠假裝做好人，那麼，他就是好人！在這句話中，除了感受到人間絕大包容的溫潤外，我完全信然。

　　一片豆葉可以是一隻翠鳥，我也信然。

新年大餐

　　我頗喜歡吃泡麵，大概因為好吃方便吧；但是妻說有太多防腐劑，管制很嚴，似乎一年當中，僅有的可以大大方方吃的一次，就是除夕年夜飯。

　　我想吃，事實上沒什麼理由，好吃方便與難得一吃，都不算，因為好吃的東西太多，干貝魚翅等珍饈我從來不想；平日吃食，全賴妻料理，方不方便，與我無什關係。仔細追究起來，自己都覺好笑，大概是老改不掉的孩童心理，其間，還交雜著一些孩子氣的反叛心吧？因為，妻實在管制得太嚴了！

　　如同往常，今年我們的新年大餐便是泡麵，只是妻又加了許多菜，看起來紅綠黃白的，什麼都有，分明是施展用泡麵做幌子，騙我多吃食物的招術嘛！我怎會不知？但

是，既有泡麵，也就不多計較了，能容人處且容人，由他，由他。我只管捧著脹得圓滾滾的肚子，滿意的笑了！

第二天是大年初一，遠處鞭炮聲不斷，近鄰恭賀聲屢起，我們在寸園小坐，鬧中取靜，只見一院植物，在光影下搖曳生姿，如娓娓敘情，令人不忍離去。

我們的院子有一片是種滿蛇莓的。

蛇莓的葉子是中綠色的，大如指甲，厚厚棉棉的鋪了一地，上面點一些小黃花，輕輕淡淡的，看起來真是舒坦，但造物者猶不滿足，還要加些圓如珠玉的小紅果，整片草地便鮮紅亮麗起來。可是，這麼逗人的小植物，不知道為什麼，竟有著蛇莓的名字呢！家居附近，由於樹多草長，每年夏秋之季，蛇都會造訪幾次，可是，並不曾看牠們特別眷顧蛇莓啊！反而是我們不時端詳之外，還曾試著摘食，只是乾乾澀澀的，難以下口，再也不想再嚐。亦不曾見過，有什麼動物對牠們有絲毫興趣。

可是我們坐著坐著，竟看到有幾隻白頭翁不顧近在咫尺的我們，直飛下來，立刻大大方方的吃起蛇莓果實了！

好像一隻早被丟棄的小狗，突然有人垂顧了，怎不令我們**驚喜莫名**呢？

但好景不長，白頭翁吃了一兩顆後，有的飛走了，再吃一兩顆，又飛走了好幾隻，最後只剩下一隻，卻一直不停的足足吃了八顆！

那麼小的一隻鳥，有多大的胃啊？怎裝得了呢？我們歡喜之餘，不免爲牠擔心，好不容易，牠終於拍拍翅膀，飛走了。

　　看牠遠去的身影，我竟然想著，牠肚子裡裝的新年大餐，不是蛇莓，而是一大碗泡麵呢！

誰比蛤蟆閒

　　在鄉間隨時可見爬行的小動物裡，我是比較喜歡蛤蟆的。青蛙可愛，人人歡喜，但往往只是淺顯的應興而已，不能沈著會心，壁虎蜥蜴蝸牛，雖各有優劣，但綜合起來，教人心儀的程度，往往不如蛤蟆，至於蜈蚣馬陸長蟲之屬，就更不消說了。

　　我之喜歡蛤蟆，全在一個「閒」字。

　　因為閒，所以能靜、能安、能沈、能潛，能無怨無尤、無忮無求，也可以倒過來說，因為無雜無慾，不浮不動，所以能閒。我們院子裡的任何一個角落、花盆、瓦罎旁、草叢裡、樹幹側，常常可見到蛤蟆，而且是一動不動，數日不移的蛤蟆，有一次，在屋後一個高達一公尺餘樹洞裡，竟也幽幽靜靜的窩著一隻蛤蟆。樹洞那麼高，樹幹的斜度極其有限，旁邊又無攀附的地方，不知牠是怎麼上去

的。我們看他窩了好幾天，都是將那兩粒圓睜睜的大眼似看非看的對著你，一點也不驚怕，好像你是牠的同儕，又像是本來就杵在那兒的木柱。我們最初發現牠的時候，還擔心驚擾著牠的修行，要到後院，總是小心翼翼的閃著身子錯開了去，後來，才知道牠根本無動於衷，只有笑話自己的多慮了。

前些時，我們到鄰近的一處空地上拋擲飛盤，跳呀！躍呀！奔呀！跑呀！折騰了幾十分鐘，當汗透衣衫，俯身撿起放在地上的外套，準備返家時，才發現，相隔不過數尺的兩個幽幽暗暗的小土洞裡，竟然各托著兩粒大眼，原來，是蟄著兩隻蛤蟆，而且是較大的洞蟄著較大的蛤蟆，較小的洞蟄著較小的蛤蟆，洞的大小正好僅容其身，我不禁笑了起來！四無人跡的空地上，原來有兩個忠實的觀眾，從頭到尾，一直觀看我們千奇百怪、笨拙的運動姿勢呢！

妻和我都蹲下來，看了牠們好一會，我們的心境隨著發現時的驚詫，繼之而起的喜悅、愛憐、感動、會心而不斷改變，牠們則紋風不動，只是怔怔的對著你，既不會怪我們打擾牠們，不會怪我們沒有耐性，丟幾下飛盤就撒手了，也不會怪罪我們無端的遮蔽了大好天空，看了一會，我們知難而退，便折返家來。

過了幾天，我們又到這塊空地了，又想起這兩隻蛤蟆了，牠們還在嗎？不約而同的，便去尋找那兩個小土洞。

蛤蟆依舊在，仍是提著兩粒大眼，似看非看的對著我們，打完招呼，為了怕驚擾其清興，我們立刻走了，不期然的，卻發現別地方還有不少土洞，每一個土洞裡，都是蟄著一隻與洞一樣大小的蛤蟆。

　　這塊空地，這個世間，有多少懂得如此閒趣的蛤蟆啊？想到自己是列為不斷浮動的人類一員，不覺有些汗顏。

好兄弟的引路燈

　　搬來這座小鎮的第一年，某天夜晚騎著腳踏車閒走，路上大半是果園，只有幾戶農舍，屋前都懸掛著一盞小燈，在樹影間忽明忽暗的閃爍著，看著很覺歡喜。

　　後來拐入一條將近一公里的長巷，兩旁雖時或亦有果園空地，但大半皆是人家，而且愈接近鎮中心的地方，屋舍越稠。然而，因為地形偏僻，非交通要衝，巷子不但彎彎曲曲的，而且幾乎每間屋子的結構都不一樣，有木屋，有磚房；一層、兩層的屋子最多，也有一、兩棟是三樓上再加蓋鴿子籠的，有的大門緊挨著巷道，有的會留下一條走廊，也有隔道磚牆或樹籬的，景觀多變，尤其是夜晚行經其間，黑幕低垂，更添幾分逸趣。不論是什麼樣的住屋，竟都不約而同的，在依著巷沿的門邊、走廊柱上，或是臨時插上的一截竹竿頂端，懸掛著一盞小燈，一路迤邐

而去，眞是美麗極了。這是我未曾見過的光景，心中的震盪，自是不在話上。

這些小燈，可不是裸露在空中的，有的主人會很用心的爲它們準備一間小屋以避風雨。小屋的格式，隨著主人的性情與客觀的能力而有所不同，最簡單的，是用鐵皮餅乾盒或食油桶改裝的，只要切個開口就得了；也有一、兩盞是點著蠟燭的，燭油早滴得滿桶，在半已繡蝕的鐵皮桶中，竟也透著好些古趣；有的是買現成的玻璃小罩，只用幾根鋁片當骨架，四周鑲上玻璃就是了，小巧、明淨，雖然呆板些，也頗爲好看。這兩種，大都是兩層樓房或蓋得較爲華麗的屋子的人家，可以看出是爲了應景與方便而設的。倒是白屋人家的小燈屋，多是費了巧思的，它們將木板釘成像小土地公廟的樣子，屋頂的兩端還會凌空翹起呢！可謂廟堂的具體而微，由此可見主人對此小燈屋是抱著如何的謙敬之心了！

原來，這些是「好兄弟」的引路燈。我當年閒遊的夜免，正是農曆七月的鬼節啊！這樣的習俗，以前在北部是不曾見過的。

拋開是否迷信的色彩不談，我是很喜歡這種綿延不絕的小燈景觀的。只是，隨著這幾年社會的變遷，引路燈雖仍在，但用心製作，像小廟宇般的小燈屋只剩下一、兩個了，鐵皮餅乾盒的燈尾也只見一處了，全部換上了一模一樣的玻璃小屋，不禁教人憂喜參半呢！

日出‧日落

　　抬頭處，窗外遠遠的竹叢後，閃爍著比紅還紅的橙色光芒，一點比一點亮麗活潑的爭著透過竹叢的空隙來，拼命的擴張它們的光艷，逼得我驚嘆不已。

　　我急急奪門而出，一面喊著在前屋的妻：

　　「看落日去！」

　　沒想到，待我們跑出庭院，繞過竹叢，一分鐘的工夫都不到，太陽，這個昂揚光輝的驕子，竟就害羞的沈到地平線下去了！

　　鄉村天空大，地平線真是觸目可及的，頂多，加一排矮屋、一行低樹罷了！因此，日月星辰，風雲流動，都變成生活的一部份了。

　　寸園之居，前面就是兩棵大樹、一叢竹子而已，偶有房舍，幾都在視線之外；後面尤其平坦，鄰人的果園整理

得乾淨俐落，既無敗葉，更無餘枝。為了方便採果，每一棵都壓得很矮；樹矮，我們的視線便廣。越過果園，越過遠處的雜樹叢，便全是揮霍不盡的天空。我愛清晨起來，自後窗遠眺，看看晨景；此時，天空微明，像毛玻璃，像薄紗，將顯而未透，不一會，朝陽欲出，天空如洗，玻璃清得幾可照人，紗已被風撩起，一覽無遮；接著，天地泛紅，旭日倏地東昇，幽暗的屋內，忽然循著窗形印出幾道長光，憨睡的老地磚，一下子躍動起來，而飽覽大自然奇景的我，刻已昏昏然，摸回床上，倒頭再次睡去。

再醒時，天已大亮，不但亮，而且刺，陽光再也不是客客氣氣的一長條，是大片的灑落屋中，熱烈如火，若沒有拉上窗簾，則難有駐腳處，眼睛更得急急避開，以免火炙。中午，太陽被屋頂攔住，不能直射屋內，但屋頂盡受光熱之後的悶氣，更教人無處迴避。我不喜歡電扇的機械

聲，卻也不得不任其肆虐。中午過後，又需緊閉窗簾，而悶氣不散，這時電扇不但得繼續運轉，有時連上衣也得除去，做個半裸的野人。可是，到了黃昏，太陽又像清晨那般美麗了，甚且更爲誘人。看群樹皆紅，飛鳥在夕陽餘暉中飛翔，自由自得，似乎我也要將身飛去了，若見微風吹送，則更不知今夕何年。

我看過高山大海的日出日落，雄奇典麗，遠勝居家所見，可是，那是偶一得之的饗宴，豈像我們日日見及的親切，雖然，刺烈的時候，悶熱的時候，令人難以消受，但事後思維，都是朝夕時的好圖畫，我也就滿心喜悅了。

樹的聲音

　　樹會撒嬌，大概沒有人聽說過，我們可是幸而擁之。

　　風之美，在於無聲時；吹面不寒楊柳風，會教人聯想起輕撫幼兒的母親溫柔的手，舒服極了，卻沒有半點聲響。風兒一旦有聲，一定急速猛暴，咻咻颯颯，不是驚駭恐怖，便是空添愁懷。但是，如果物體應風發音，則可能變化萬千，不一而足，其中最常聽的，就是樹的聲音。

　　樹有高胖矮瘦，枝有長短曲直，葉子更有大小疏密，它們被風吹起來的聲音，便各不相同。

　　家居附近樹多，幾乎無風也有聲。庭中有柳一株，每天見它輕挪枝條，便似乎可以讀出聲來，令人陶然其間；原來，母親溫柔的手輕輕地撫在幼兒的面頰上，往往伴隨著那世間最慈愛的輕吟低唱，離開受母親呵護的幼兒期太遠、太遠了，無意中卻在觀賞柳條曼舞時回味之，真是意

外福氣。我們還有一棵小小的黃椰子樹，高不過兩尺，由於形狀舒坦，色澤輕淡，沒風的時候，也可感覺空氣在樹叢間流動；若有微風吹來，專注些聽，那幾不可聞的沙沙之響，輕盈美妙，會教人對造化之綺麗由衷感恩。至於其他各種不知名的雜草，因著它們高低粗細的不同，隨風點頭，要是你可以捨下塵務，默對片刻，縱使無聲，也可聽出滿耳音符。

園門外空地上的兩棵大樹，枝葉繁茂，只要有風，便颯颯不斷；若是強風，你且放眼看它，但見群葉如浪，大力翻滾，風聲頓成海濤聲，如果將一旁竹叢的莖幹相互敲擊聲一齊聽進去，則疑有人對海擊鼓，浪聲與鼓聲爭勝，教人聽得無法或已。

聽了多少年，這些聲音早已習慣了，可是，前幾個月，竟加入新曲，初以為奇，後來則每聽必笑，有時笑中還不

免帶些憐；因爲左鄰久廢的空園中，有棵早已枯槁的老樹竟不時發出嬌聲來。從這些聲音中，很輕易的便可以使人聯想到好些訴求：嬰兒要吃母奶的聲音，媽媽不答應買玩具的幼兒耍賴聲，少女有心事被媽媽窺破的欲蓋彌彰聲，情人相互依偎時似有若無的呢喃，甚至老婆婆被老公公逗得雙頰飛紅的害羞聲，從早到晚，不定時的飄入我們的耳朵裡，有時半夜起來小坐，忽然「咿喂喲」的一下，便不得不拋書獨笑，縱使夜寒如冰，也都忘諸腦後了！

我見青山多嫵媚，山眞嫵媚？實則因人而感，無情可成有情，枯樹怪我多事否？

人類的慈悲

　　小園本來不大，又爲了生活方便，用紅磚隔成三叉小徑，就分成更小的三塊不規則的小草地了。

　　我們貪心，在這三塊小草地上，又各種了幾棵不小的樹，所謂草地也者，可是畸畸零零的；我們又懶，草地是「五族共和」的。最早，也想學人家好好地種韓國草，然而心頭總有些不依，韓國草，整齊美麗是沒錯，但一眼就盡，了無餘味，而且，憑我們的耐心，絕對不可能細心的盡除莠草，還他一眼碧綠的。我們看過整理得美麗的韓國草坪，羨慕之餘，也覺得有點膩口，有點無趣；也看過本來美麗的草坪，卻長了不少雜草，倍覺刺眼。

　　想來想去，我們決定種「聯合國」草，只要適者，便任其生存。因此，韓國草、蛇莓草、馬蹄金、雷公根、菁芳草、黃花酢漿草，再加上其他不知名的草，我們的院子，

就有點像小草博覽會了。我們日處其中，亦頗覺怡然。可是，草性各有不同，有的喜歡往上長，突顯個己；有的可霸道了，不但往上長，且覆天蓋地，漫成一片，緊緊地壓制同儕，攪亂一團和諧，我們便無法坐視，勉力除之。

日前，由於遠行一程，離家多時。回來後，但見院深幾許，在休息幾日，調適完旅途勞頓及回覆連日積壓的成疊信件後，便不得不和妻打個招呼，步出門外，除草去了。

除草，對我來說可以一件兩難的事，因為一離開我們的紅磚小徑，走入園中，便需踐踏草地，草亦生命也，委實令人不忍。據說牛津或劍橋大學學區有很美麗的草坪，一般學生隨意踐踏是校方所不許的，可是，學有所成的學者教授，或取得某種學位者，為了怕影響他們的思緒，則可隨意行走而無礙。立意雖美，我心中還是不免為草葉叫屈。畢竟，在草葉的立場來說，人類的學問、智慧與美感，干它何事？它仍然是個有機的生命，應當擁有全然的自主啊！可是，我如果不涉入園心，草將焉除？

蹲在小徑上，盡可能除去庭院邊緣的草後，我終於不得不踏入園中，實實地踩在草坪上了。由於草盛，待除完一處，移身他地時，看見本來蓬鬆快意的綠茵被深深地烙下了兩塊腳印，顏色沈鬱了，有的部份，甚至踩碎了、輾破了，渧出汁液來，真是只有暗中歉意連連。

好不容易整理好，忽然聽到被蓄意除過的斷草抗議著：「你僅僅憐惜被踏過的草，卻怎麼對我們這些遭受百

般蹂躪、折身傷肢的殘草一點也不顧及，反而引爲一項功業呢？人類的愛怨，不過是以自己的功利爲尺度而已，談得上什麼慈悲呢？」

觀照

　　我們的庭院不大，樹卻種得不少，尤其門外別人的
空地上，更有兩棵大果樹，龍眼和芒果。樹幹都有雙手合
抱那麼粗，華蓋甚廣，有許多枝葉都掩到我們院子裡來，
另有一叢綠竹，更是婆娑影綽。四時更替，小園與門前
小路，落葉殘枝與被風掃落或熟極墜地的果子，便不時
塞得滿眼。

　　鄰居們的院子都比我們大得多，樹卻比我們少很多，
更不要說還有門前空地的果樹助陣，加以勤於打掃，無時
不刻都光鮮整潔，不像我們家，常常尋不到一塊堪說乾淨
無雜的地面。

　　忙是藉口，懶是自嘲。其實，院中有些枯葉斷枝，
在綠草地和紅磚道上填些黃紫顏色，亂中有些新趣，不也
是很好嗎？

說這種新趣很好，也許也是一種託辭，至少，我不曾那麼切切實實的當一種光景看待。平常，只是籠統的，閒閒散散的處於其間，難得興起要好好打掃的念頭。與妻二人，總是這邊撿幾根細枝，那邊拾幾片葉子，算是平日作息之餘的運動而已；有時撿到一半，兩個人談談話就忘了，或是爭看飛鳥和小草小花，一園落葉便都不入眼簾，我們無視依舊，如在醉中。

　　當然，也有醒著奮起的時候，每逢外出，看到鄰居庭院中，平整如毯的綠茵，就像遭受一頓棒喝，反觀家園，似乎就蕪雜得有些不好意思了，便會拿起掃帚，像關公舞大刀一般，揮灑幾下，但是，也僅僅是五分鐘熱度罷了，久而久之，也就淡然了。

　　有一次，大哥來此小住，第二天清早起來，竟發現他拿著掃帚，得意洋洋的佇立園心，只見滿園清整，連一小片葉子也無。這時，才發現到，小園竟也有此亮麗的一面。

　　這樣的亮麗清整，在長期落葉不盡的院子裡，不也是一種新趣嗎？

　　有落葉殘枝的絮亂是好的，沒有落葉殘枝的光整也是好的。

　　從此之後，小園更有一層誘人的風姿，我們再也不像以前那麼疏於整理了，但是，卻從來也沒有本事像大哥清掃得那般徹底。

掃是勤些，枝葉也讓它留些，其實，滿地落葉、一園潔淨，留些餘情，都是好的，觀照在心，物轉心定，都是好的。掃不掃地的事，就當做小兒忽然喜歡這種遊戲，忽然喜歡那種遊戲，隨興由之，隨興品味吧！

樹香

　　花香、草香都嚐過了，竟然到最近，才真切的體會到樹香的滋味，實覺有些枉錯半生。也許，以前也聞過樹香的，只是不經意，先是被濃馥的花香蒙蔽住了，復被清新的草香吸引住了，反而對於較為壯碩偉岸的樹木，無法品得箇中的奧味。

　　寸園的大門旁有一株玉蘭樹，我每次經過的時候，就會聞到一陣香。開始時是不覺得的，後來聞到香味了，也不很在意，沒有去分辨是什麼香、因何產生。直到有一天，玉蘭樹的側枝長得又長又重了，斜斜的垂了下來，多而大片的葉子遮住了大門，每次出入，都得蓄意撥開，否則臉上必遭浩劫。尤其是眼睛，若不閉上，真是寸步難行。由於不捨剪去，我用細繩將側枝往上吊起，直到不礙人走的

高度，再綁在樹木的主幹上。這時候，我整個人便陷在枝葉叢中，竟有在香氛中沐浴的感覺。

　　只是香味好像不是由單一之處發出的，似乎也不是由鼻孔單一之處吸入的，但覺髮上、額頭、臉頰、手臂、胸腹、背脊、下肢等處，無處不縈繞此香。而其味既得花之醇，亦兼草之清，或也都不是。醇，有時濃得化不開；清，有時晰得太尖銳，都容易在有意無意之間，強勢奪人。此香可無此病，它很寬容，很謙抑，很懂得尊重人，只像和風，無處不照拂你，卻一點也不牽動你。它給你絕對的自在。我體嘗許久，才想到，這是玉蘭樹的香味。也只有已然為樹的穩持身形，才能不像小花小草，急欲突顯自己，引人注意；才能像一個雍容大度的君子，隱晦無我，盡己無私，使人俯仰其間，欣然適性。

　　那天，因為隔鄰高聳的龍眼樹枝垂過我們的院子，常使小園落葉滿地。前幾年不曾在意，但現在，枝葉既濃且密，不但落葉頻頻，結果的時候，果實亦跌落頻頻。小園不但有了掃不盡的落葉，還有招惹蒼蠅的滿地破裂果實，不能不設法處理。

　　樹，是隔鄰的，本可請樹主央人鋸去，但想了一想，不必麻煩別人最好，何不自己動手鋸去累贅之枝？

　　可是，枝太高了，我只好將鋸子綁在長竹竿上，站在鋁梯頂端鋸之。鋸的時候，人立空中，無有攀附之物，心中頗為駭怕。後來，梯子移到牆邊的一棵大樹，肩膀可靠

在樹幹末梢，心中才覺安然。鋸了一會，忽覺又聞前次在玉蘭樹叢中體得的香味，然因屬性不同，片刻之後，才想到香源係在這棵龍眼樹。原來，樹各有體，亦有其特有的韻味，想來好不歡喜！

樹香　　241

再來一盤

　　這座小鎮盛產一種我以前未曾見過的水果——酪梨。

　　酪梨的長相，像芭樂，但光滑得多，而且打過蠟似的，亮得幾乎滲出油來；也像蒲瓜或文旦柚，頭小肚大，質感卻相去甚遠。初熟的時候，綠如蕉葉，熟透了，便甚似紫茄抹上濃重的咖啡色澤！

　　在市場上第一次看到酪梨，是沒有半點好感的，因為它長得太光整了，哪像自然產物？簡直與機械印製的蠟果一模一樣。尤其是我們屋後也有一棵酪梨樹，因為不曾摘取，果熟自墜之後，不久便腐爛發臭，氣味非常難聞，每次都得掩鼻清理，引為苦事。

　　後來，不知道什麼時候，有人送我們好幾個，丟掉可惜，妻切成丁狀，沾上糖末，盛情難卻，我吃了一塊，如嚼凝凍的肥肉，不覺其香甜，但覺油膩礙口，只好作罷；

沒想到，岳母知道了，直說酪梨加牛奶打成果汁很好吃，興興沖沖的打了兩瓶寶特瓶的牛奶酪梨汁來，

　　我勉為其難的喝了一口，根本是牛奶嘛！哪有半點酪梨的味道？就這樣，我喝了足足一大杯。不久之後，又喝了一杯，不到兩天就全喝光了。

　　岳母為了誘我入口，大概煞費苦心的，牛奶裡只摻了一點點酪梨吧？在隨後的盛產季節，她又不斷的打所謂的酪梨汁來，足足有兩、三年之久。也許在這一段期間，不斷的暗加酪梨份量，使我適應了吧？前兩年，竟可以坦然的喝妻自打的沒加牛奶的酪梨汁了。去年，更可以直接吃酪梨切盤了，今年，尤覺甘之如飴。

　　我們屋後的那棵一直像棄兒般無人搭理的酪梨樹，竟也長了十多顆肥厚的果子，我將之採擷下來，第二天，又有人送了一袋。由於太多了，鄰居們又都比我們多，無處可送，不趕快消耗便可惜了。妻在早上切了一盤給我吃後，下午時分，有點怯生生的問我還要不要再吃一盤，我竟然滿懷興彩的說，什麼攏嘸驚，再來一盤吧！

　　友人遊歐，送一些名震遐邇的荷蘭起士給我們品嚐，覺得還不如酪梨的滋味，對酪梨的評價，前後如此懸殊，岳母功不可沒。可是，現在如果要我形容酪梨的味道，似乎還是冷凍肥肉最為恰當，只是，肥肉的膩口成份，已然煙消雲散，但覺潤滑香醇，清恬爽口了！

桂樹的水袖

　　窗前的桂樹不一樣了，在它最高的枝頭，彎了下來，像高懸的瀑布，更像舞者的水袖，在風中飄拂著。

　　是蔓藤，它要爬上這棵比人還高的桂樹，再倒懸兩尺來長，而這兩尺的長度，還是自相纏繞的，如果扯直了，可有好幾尺呢！要長到這般地步，少說也需個把月的時間吧？可是，我日日對著桂樹何止千眼，從它身側走過何止十回，有時候還會把葉賞玩，花開的時候，更會聞香近嗅，甚或摘下若干供諸桌案，可是，我竟然從未發現這蔓藤，任其滋長至此！

　　為了護桂，我立即生起了除藤之心，因為，藤非桂上之物，它破壞了桂樹的完整。幾度欲趨前除之，可是，不知為什麼，竟從未真的下手。

　　悠忽間，拖去一個星期了。

蔓藤安然，桂樹也安然。

一朝清晨起來，我竟然覺得桂樹好美，有了蔓藤的桂樹好美，風來的時候，桂樹不會抖動得那麼僵硬了，因爲有藤，長長的藤蔓在風裡飄著、舞著，是多麼婉約、多麼柔順。

蔓藤，其實就是延長舞者軀體的水袖，它即是舞者本身，更確切一點的說，水袖是彌補上天造得尚不夠十分完美的舞者之精魂。

水袖和舞者是分不開的。

蔓藤和桂樹也是分不開的。

都是缺一不可的整體。

我不禁笑了，笑自己的迂。

世間事，本是自由無礙的，爲什麼非要加上種種制約、區隔，以至種族、階級等柵欄呢？

世間人，爲了這些無趣的舉止，不知徒增多少爭端與禍事？不由得想起寒山子那首詩：

世無百年人，
偏做千年調；
劃地作門限，
鬼見拍手笑。

我再也不除蔓藤了，除非它散亂、囂張得像已經不識尊重他我的人類，非得有些規範不可，否則，世間將不再美麗，可是，這是一件多麼可悲而無奈的舉止啊！

龍眼樹的呼拉圈

　　屋前的空地上，有兩棵大樹，每棵樹的高枝上，不知什麼時候，各聚了一大團褐色的枯樹葉，不論顏色與形狀，和四周鬱綠的枝葉很不相同，卻也不至於太不諧調，我們只是好奇的想，是什麼鳥巢呢？直到有位郵差先生送信來，偶爾抬頭看到了，說是松鼠巢，才使我們恍然大悟，不是曾經發現過松鼠走動嗎？怎麼聯想不起來呢？

　　自從知道是松鼠巢後，我們看得更勤了，希望可以看到松鼠從巢裡跳出來。因此，脖子發痠的機會更多了，就是不看巢的時候，平日裡，只要走出院中，便會不由自主的向這兩棵樹望著。

　　那一天，我在窗前小讀的時候，忽然聽到嘩啦嘩啦的聲音，一仰頭，只見苦苓樹葉漫天飄落著，一定是松鼠爬到樹上了，不由得向上方濃密的葉叢中蒐尋，都無蹤

影。失望之餘，收回眼界，卻看到正對我眼前苦苓樹幹上，一隻小松鼠不就正在那兒晃動尾巴、探頭探腦的嗎？原來，牠是從樹上衝下來的，和我以為往上攀竄的方向正好相反。

松鼠是一種活動力非常強，又非常機伶的小動物。其實，我們不知道被牠們逗弄多少次了，只是，每次都不但不懊惱，反而會興出一份意外的喜悅。

看牠走電線是最有意思的事了。以前的印象，只有鳥兒才能在電線上駐足，但也只是駐足而已，頂多橫跨幾步；哪像松鼠，牠是可以從樹叢中直躍電線上，快速奔跑，而忽然跳入另一叢枝葉中的。看牠那麼蓬鬆圓滾的身子，在細細的電線上躍縱自如，初見時，直要為其安危當心，可是，不知多少次了，牠們自在如是，從未生出意外，我們也就放下心來，當做欣賞馬戲表演了。

有時候，牠們會結伴嬉遊，一下地上，一下枝枒間；有引介的地方，如細枝葉之類，便是牠們的路；沒有路的空檔，牠們照樣跳，鄰近多樹，整個空中、地上，便全是牠們的交通網，玩累了，芒果啦，芭樂啦，龍眼啦，欖仁啦，或什麼不知名的果子，不論青的、熟的，全是好點心，帕啦嘩沙，因其追逐而碰撞或掉落的果子枝葉聲便無時或已。

有個黃昏，我小坐院中，眼角餘光瞥見鏤空的大門外那棵一人無法合抱的龍眼樹幹上，似有巨環不斷繞轉，像

小孩子玩的呼啦圈一般；待看仔細了，原來是兩隻小松鼠不斷繞著樹幹追逐，忽上忽下，忽平忽斜，連續好幾分鐘不曾稍懈，忽然不見了，立聞樹旁的竹管碰擊聲，我知道，牠們鬧到竹叢去了。

　　能欣賞這齣好戲，真是莫大的福份。事隔年餘了，每次談起，妻羨慕之餘，還會怨怪老天不平呢！

美麗的心田

　　家居的小村一隅，不知在多久以前，每到午後三點左右，便擺了一個小吃攤位。

　　小吃攤有甜不辣，豬血糕等食物，前一、兩年，我們偶而經過，也會買點來吃的，次數雖不多，對販賣的婦人印象卻頗為深刻——因為不曾見她笑過。直到許久之後的一回，一位祖母帶牠的小孫子來買，雖然只買了一只五塊錢的甜不辣，小孫子卻要婦人附一大袋蘿蔔湯才肯走，祖母很不好意思的勸阻，小孫子執意著要。正僵著的時候，出乎意料的，婦人竟笑了，而且毫不遲疑的裝了一大袋，比一般客人吃整盤東西所附的湯還要多出兩倍的分量遞給小孩。小孫子笑了，老祖母靦腆的連續道謝而去。

我看著婦人，她的笑意仍掛在嘴角，突然覺得牠枯瘦的臉是何其的美麗。可是，自此之後，約有一年時間，又不見她笑過了！

　　前兩個月妻外出回來，突然端出一盤臭豆腐，呼我快趁熱吃了，原來，賣甜不辣的婦人，不知何時，也賣起臭豆腐了！

　　在此之前，我大概有十幾年沒吃臭豆腐了，沒想到，久別重逢，吃起來特別有些滋味。

　　但是，吃過也就忘了，不曾再想到吃它。昨天外出，經過婦人小攤時，突然想到妻曾在這兒買過臭豆腐的，遂趨前購買的。

　　沒想到，卻因而欣賞到一次技藝表演。

　　臭豆腐，四塊十元，我買了三十元，共十二塊。

　　表演開始：婦人先將油鍋上的臭豆腐用夾子夾入油鍋中，一次一次夾，共十二次。炸了一段時間，她得將臭豆腐翻個面，一次一次翻，又是十二次。炸好了，又一一將臭豆腐撈了十二次到盤子裡，然後一手用夾子將臭豆腐夾住，一手用剪刀剪開十字口，十二次；將醬油一一倒入十字口裡，十二次；加豬油、薑泥、辣椒醬、番茄醬，亦各十二次。最後夾一大把泡菜，一齊倒入塑膠袋裡，表演完畢。

　　她做那些一再重覆的動作的時候，是如此的穩定、熟練、不厭其煩，一絲也不偷懶省略。好像一個鋼琴家在表

演之前，仍不斷練著幾個重覆的音節，雖沒有在臺上正式表演的風光、耀眼，然表露出的敬謹之心卻更為懾人。我從而發現到，這位婦人有著除了附一大袋湯給那位小孫子的慈心外，還有一種如此美麗的心田；而這種美麗的心田，似乎越來越不多見了！

花暈

　　這段時間，花落得狂。

　　首先是龍眼花，一朵一朵，小小黃黃的。無風的時候，像紙上的虛線，輕輕盈盈的四處飄了下來；有風的時候，隨風起勢，風越大，落得越狂。如果一陣大風，雨雖未下，龍眼花兒可比暴雨更暴的灌下來，乾淨的地面，任你是灰灰白的水泥地，殷殷紅的紅磚路，或暗褐褐的泥土地，甚至是綠油油的青草叢上，一霎時全暈黃了，因為貪看它，自然不會掃除。只是隔一天，便全消沈了，全幻成枯褐色了，可是你還來不及惋惜，豐盈的小黃花又陸續掩上了，厚得像片絨毯。

　　花會落得這麼狂，只因為屋前有一棵大龍眼樹，其實也不盡然，因為小院還有一棵苦楝樹灑花的風姿，可一點也不多讓。

龍眼花細碎金黃，有點像調皮的小男孩，苦楝花雖也小焉，花瓣可是淡淡的紫，修長細緻，恰似娟娟秀秀的小女孩，好看極了。我們院子裡植著苦楝的角落，無論樹上或地上，便全是那精緻芳潔的小紫花了。本來碧綠的蛇莓草地，蓋成淡紫色的了，柳樹下的紅磚小路也是淡紫的了，過了一些時候，小花雖然枯萎了，卻更化成纏纏綿綿的花泥，這兒那兒還浮著一朵一朵未曾老去的花顏，顯得更加玲瓏剔透，增添幾許婉約。

　　龍眼和苦楝的花期都過去了，小院並未消沈，兩棵馬拉巴栗今年殊於往昔，竟然競相開花，以前一年只落幾朵而已，現在，花期未盡呢！我已撿拾二、三十朵了。馬拉巴栗的花不似前面二者，它可是又大又白，花瓣五枚，雄蕊像蒲公英種子球一般，自花心抽出長長的數十條花絲，向四周散了開來。

　　我將它們陸續蒐存起來，插在古陶瓶上，靜靜的放在妻的琴桌上，換來一記驚喜的讚詞。

　　馬拉巴栗的花兒方興未艾，那棵當年我們苦苦尋得的木蓮樹，原來每年只開一、兩朵花的，今年，也數出好幾團花苞。那天，綻出一朵了，木蓮花如蓮，只是開在樹上，而且豐潤飽滿，清香撲鼻，只一朵便足以教人忘其所以，何況是好幾朵？花開必落，落花時節的小院，一時間是休息不得的。

昨天清晨，在我們走廊下的矮牆沿，我瞥見沾著一朵龍眼小花，花期過了，怎又有花？過了一會兒，花朵帶上了一個小蝸牛殼，原來，以為的龍眼花是小蝸牛帶著觸角的小頭，我不禁哂然，直覺得自己真是教花給暈了！

勁舞的蛇

　　姪兒夫婦來，趁著他們有車，一起來距我們較近的海邊玩。

　　這處海邊，由於非觀光區，距離民家住宅也遠，來的人少，因而保留了許多自然的意味，至少，難得看到垃圾便是一大福氣。

　　其實，這處海邊並無任何奇景，一道防風林、一片沙灘而已，但是，現在的人跟自然太遠了，一到了無人為措施的大自然裡，才知道自然界之美麗與可貴。那天海浪很大，風很強，放眼看去，大風大浪裡沙灘海洋，真如蒼涼、荒瘠的太古時期，我看妻和姪兒媳們在風沙中行走，更如在大自然中掙扎生存的人類始祖一般，一步一痕，殊不容易，一股莊嚴和敬穆的心境油然而生。

　　我們在這幾無人跡的海灘中徘徊了大半天，全身吹滿了沙，尤其是眼角、耳朵等處，更像剛剛出土、尚未清理乾淨的陶俑，更誇張的是，將鞋子脫下來，竟倒出兩堆小沙丘，單就軀體而言，我們可謂遭受相當大的磨難了，著意撿回的幾小塊漂流木，算是僅有的收穫。

　　可是我說，太好玩了，比那一年和他們去走一趟絲路還有意思。

　　烏魯木齊、火焰山、敦煌、吐魯番、酒泉、張掖、西安、廣州，五千公里走下來，對我來說，其痛快處實遠遠比不上這趟短短的十多公里之旅，更精確地說，是比不上這短短的一公里長的沙灘行程的。

　　為什麼呢？答案很簡單，是否能盡興而已。

絲路之行雖然到過無數名勝古蹟，卻處處得算時間，趕車程，我最不喜歡的是老要記得把護照旅費收好，一到人多的地方便得處處防著是否會遭竊。更糟的是，所謂旅遊，不過像點水蜻蜓而已，雖然看了不少東西，卻都不能入心，始終是過客心態。待遊畢回到旅館，總覺得幻夢一場，閉起眼睛，更要質問自己，是否真的遠走他鄉？好像仍躺在自家的床鋪上，卻分明又無法安定下來。

　　而這次海邊之行，可什麼拘束也沒有，愛玩多久就玩多久，愛什麼時候離開就離開，什麼也不必擔心，可以將整個身心投入那一大片大水大浪大風大沙的世界裡。帶回那幾塊流木時，無需跟人談價錢，只要你喜歡，車子可以載，就帶走了，好像是你自己的，更覺得自己是大自然中的一分子，誰都無私屬，只是將之暫時移位而已。

　　漂流木裡有一根枯木，扭曲翻騰，頗為好看，姪兒說像一條蛇，看看，還真像一條勁舞的蛇呢！我將之懸掛在小院一角，每次看到它，那種在海邊迎著大風大浪，盡情盡興的感覺便浮現出來，好不快哉！

花滾

　　我們家正好在小鎮和田野的分界處。往這邊走，屋子漸漸有了些，屋子的形態也慢慢改變了，紅磚屋一間比一間少，代之的是新蓋的水泥樓房，好像可以讀出歷史一般，先人那種殷實質樸的意味愈來愈淡了。不知不覺間，道路全教兩邊的店面封住了，也不知什麼時候，鎮中心蓋起了一座好幾層的高樓，老遠便將天空遮去了大半。幸好，往小鎮的通路還有幾條，我們平常去鎮上，都捨這條直捷的馬路，寧可多彎幾下，挑樹多的巷子走，祈盼多留些寬舒的心情。

　　相反的，如果往另一邊走，屋子就愈來愈少了。一大片土地，這兒一間，那兒一間，疏疏落落的，好像上天不小心掉了幾片瓦似的，而且大多埋在林樹間，路過的人事後回想起來，可能只記得有樹，而不會記得有屋。

我家往田野的路可多了。有一條路，可以了無遮攔地看遍天空。駐足其間，才能真的體會出天空是圓的，像帳幕一般往四周垂下，使人以為自己是天地間的主軸，因為任何一朵雲，似乎都環著你鋪陳。而一旦發覺到那棵你剛剛經過的，瞬間已拋在地平線邊緣的幾不可見的小點，竟是比你高十數倍的大樹時，更會使人體會出自己是多麼的渺小。

　　有的道路兩旁盡是種植各種作物的農田，無論春夏秋冬，隨著作物生長的情形各有不同的景觀。或是農人聚集忙碌，或是放眼無人，有如世外，也有鳥雀群舞的時候。最閒的，莫過於稻田收割之後，一塊一塊地舒展開去，任黃色的油菜花由風成浪，更有的注滿了如鏡的水面，映著天光。

　　我們外出時，如果要添些日常用品，便往鎮上走，否則就朝田野間行遊，似乎是兩個截然不同的方向。前些天去鎮上，返程的時候，我跟妻說，今天走不一樣的路吧。

　　這條路，是連接這兩種景觀的捷徑，我們似乎才卸下去鎮裡所披上的盔甲，轉眼間，天闊樹濃，一下子躍入大自然之中。忽然，一陣驟風吹來，只見許多紅色的花朵從我們的車輪旁往前飛馳而去。我不禁興奮地喊著：

　　「好漂亮的花滾！」

　　「哪有說花滾的？」

　　妻不禁笑著揶揄。

由於風勢的關係，這些掉落在道路邊的羊蹄甲花，真的是不偏不倚，用花瓣的邊緣，像車輪一般直直地滾過去。

　　古人說花開花落花飛花墜，我們現在聽起來都很美，但也都是極為寫實的描述呀。也許，古人礙於循古，不曾正視這般景致，因而沿襲至今吧？也許，古人亦有此稱，我們因孤陋寡聞而不知吧？花滾之謂，縱使算不上美，也絕對沒錯呀。

　　本來已漸褪去的、方才在鎮區的喧鬧心境，經過這場小小辯論，竟完全洗淨了。天空好高好大，我們猛踩一下踏板，以花滾的心情，愉快地向前騎去。

魚鱗・刨冰・梅花瓣

　　妻買魚的時候，通常會請魚販刮鱗處理，但有時忘了，或買完後才知道那攤魚販不代勞的，只好帶回家自己動手，我看她刮鱗時一副大動干戈，戰況慘烈的樣子，幾次想接手，都被她婉拒了。

　　其實，若真處理這些棘手的工作，我是很為難的。魚死了，為人果腹，已夠可憐了，烹煮前，尚要刮其鱗，其苦其痛，簡直比下地獄油鍋有過之而無不及，怎麼下得了手？妻卻寧擔此任，真令我興勇者之歎。不禁想起一個故事：和尚和屠夫比鄰而居，約定每天誰早起得喚另一人起來幹活。結果，和尚自己念經，卻喚屠夫去殺生，而屠夫雖然自己殺生，卻喚醒和尚念經，實為莫大之諷刺。而我，在一再遭妻婉拒之後，便只有扮演著但圖私利，專事念經，造自己福田，卻令屠夫殺生造惡的自了和尚了。

每次看妻處理魚，刮鱗之外，尚得剖腹解體，滿手腥味，實在不忍。而一位醫師朋友，曾再三叮嚀不尚美食的我們，要多吃魚，我們只得謹記在心，盡可能為之。可是每次殺魚都偏勞妻手，我一點也幫不上忙，實甚愧然。不想，有一次友人來訪，他四歲的小娃兒跑到廚房玩，看妻正把魚鱗刮起大半時，竟極為興奮地大喊著：「刨冰，雪花刨冰吔！」正忙得深鎖眉頭的妻，一聽，不禁開懷大笑起來。不是嗎？刮起的魚鱗聚成一堆，白花花的，不正像雪花刨冰嗎？以前怎麼沒想到刮魚鱗竟也有這麼有趣的畫面？

　　我們的廚房極為窄小，唯一可接室外的窗戶尤其小，未免有些閉塞，妻往往將

刮魚鱗的工作，乾脆移到庭院靠梅樹的紅磚路面上，那地方雖也不大，卻可接青草綠樹，有陽光，有清風，鳥語不斷，有時尚可偷閒一二，看看蟲飛蝶舞，舒坦多了，只是每次收拾善後之餘，地上多少會殘留些鱗片，但不至於有礙觀瞻，只需等到大肆整理庭院時，方盡除去，我們習以為常。不想，有一次清掃之後次日，我自外歸來，才放好腳踏車，便瞥見地上有些白圓點子，不禁高聲說：「奇怪，昨天才掃完地，怎麼還有魚鱗呢？」待妻出門一看，竟笑彎了腰回答：「什麼魚鱗？是剛剛掉落下來的梅花瓣啦！」原來已屆初春，梅花開盡，紛紛落了，本是多麼典雅優美的詩情，卻被我看成了無逸趣的魚鱗了，比之四歲小娃，可以把魚鱗看成好看爽口的雪花刨冰，其庸俗真無以復加了。

下午茶

午後，風大，雲低。

妻竟笑盈盈地端出一盤餅乾、兩杯茶，說：「我們來喝下午茶吧。」

這是極少有的現象，我歡喜之餘，還覺得有些受寵若驚。

我把東西接過手，走到走廊下。

走廊外緣，我釘了紗網，因為這兒草木多，怕蚊蟲，也怕偶爾光臨的蛇族。

這個走廊是一個開放的空間，既在室外，無遮無攔，放眼皆綠，卻又不受物擾。我們吃飯、讀書、閒敘，常常都在這兒。

餅乾和茶放到我自己釘的小桌上，氣氛就不同了。

有著閒閒的感覺，更有歡欣的心情。加上走廊的西側亦有多只盆栽，壁上有摹寫的岩洞壁畫，有我們兩人學澳洲土著印上的手印，還掛著以前居山時，一位長居山林數十年的老翁所採製的鹿頭原木，整個兒很原始，也很有歐洲鄉村風味，自在而寬舒。

　　餅乾，其實不是好餅乾，且因為買太久，有些軟了，妻特地烤了一下，顯得香香脆脆的。

　　茶，更不是真正的茶。妻喝的是春天時採自後院，自己釀製的桑椹汁，我的，則是用友人不知多久前送的，卻老忘了喝的藥草小布包泡的，味道淡淡的，有點奇怪的甘甜味，不太習慣，也不太喜歡。

　　可是，我是很高興的，因為我們有好心情。

　　風很大，逕向我們這兒吹，使得院前的幾棵樹，龍眼啦，芒果啦，欖仁啦，馬拉巴栗啦，竹子啦，都像顛來倒去的醉漢，老向我們撲來。一簇簇的樹葉，更像一輪輪的拳頭，一再飽飽實實，毫不客氣地送來。

　　可是，我們一點都不怕，看入心裡，竟然都化成一個一個小搗蛋跟我們鬧著玩，更像一個一個小舞者，不太應和節拍地肆意亂扭亂舞。

　　風大，聲音也大。

　　咻咻的，是風聲，颯颯的，是樹葉聲，喀喀的，是竹莖的敲擊聲，它們合奏著一場沒人指揮的交響樂。

　　我的心境隨景流轉。

有時閒閒地看，如置身事外；有時歡喜騰躍，如與風共酣。

　　有時噤聲不語，只令風兒來去；有時相互交談，無關風事；有時胡唱幾句，風我皆狂。

　　本來就不多的餅乾，早露了大半個盤底。

　　本來滿滿的茶水，也快喝光了。

　　一整個下午過去了。

　　我們滿足了閒情，折返屋外。

　　風照樣呼呼地吹。

　　我有點憐惜地喃喃自語：

　　「風，未免忙了些。」

會畫樹的鳥

大家都知道，除了人類之外，會畫圖的動物，只有大猩猩。

猩猩拿起畫筆，甚至只用手掌，沾些顏料，在畫紙或畫布任意揮灑，便要教人讚歎不已，其實，牠只是像小娃兒一樣，肆意塗抹，是一點也畫不出什麼形象的，有人美其名為抽象畫，聽說有的還可賣錢，以滿足人們的好奇心。

事實上，我見過更會畫畫的動物，而且不只一隻，是集體創作呢！雖然我沒有見過牠們畫圖時的樣子，但可以斷定是鳥兒，也許還是由多種鳥類合作無間而描繪出令人讚歎的傑作呢！

離家居不遠的一條小路，是我們常去散步的地方，不過，有一陣子少去了，那一天，和妻東繞西繞的，又轉過

　去了，卻遠遠的發現到，本來鋪了不久的、黝黑的柏油路面，似乎有一灘白色的痕跡。

　　待走近了，才看清楚，是由許多大小不同，濃淡不一的小白點兒，像點畫一般，隱隱約約描繪出一根粗大而略顯彎曲的線條，線條的尾端，還分出幾根細線，嘿！這不像一棵樹嗎？可是，誰會在黝黑的路面上畫一棵白色的樹呢？

　　這分明不是人類可以描繪山的筆觸，當然，也絕不會是哪一隻猩猩跑來畫的，說實在的，猩猩怎有捕捉樹形的能力？

　　那麼，到底是誰畫的，怎麼畫出來的呢？

腦子裡，忽然想到了家居的巷子裡，一支電線桿底下，常會被停佇桿上的斑鳩所排放出的糞便濺得星星點點，有如滿天星斗。

　　哈！是了，一定又是斑鳩的傑作，我抬起頭，看到的，正是形狀與柏油路面所描繪的白色圖畫完全一致的樹枝，再走兩步，又見地上畫著一根粗枝，也有疏密不同的分枝，接著，又是幾根帶著細枝粗枝，模樣姿容完全和頭上的樹形毫無二致，好像倒影一般。

　　我和妻看了，不約而同的會意起來。

　　這條小路，我們以前走過多少次，怎麼沒發現到呢？也許是本來的柏油路面太老舊了，顏色已太灰白，路面也坎坷不平，所以未能彰顯出來吧？現在，由於換上了全新的、黑得耀眼的路面，才能襯出這麼美麗的白色圖畫吧？

　　我們細察頭上的樹枝，不見一隻鳥兒，但牠們駐足過的痕跡則歷歷可辨，因此，牠們所畫的傑作，雖不斷遭受陽光雨水的侵蝕消褪，但是，仍會前仆後繼，不斷的描繪下去，雖然，牠們是毫無意識的，只是善盡天然之運作與循環罷了，卻帶給我們莫大的興味。

　　我不禁催促著妻說，我們快點走開吧！也許，小鳥藝術家們正急著要回來，以便繼續進行牠們畫樹的接力賽呢！

老人與奇石

　　下午，偕妻外出走走，回來時已是黃昏，臨近家居的時候，看到巷口處站著一位阿婆和一位老翁，他們圍著一塊新立的奇石在聊天。

　　我們看了，很高興兩位老人竟然有此雅興，搬來這麼一塊對他們來說，相當重的石頭放在這兒，當做公共景觀。

　　放石頭的地方，是一塊雜草叢生的空地，為了使石頭可以站立，還特地從別處挖來一堆泥土墊在下面，形狀甚不規則的石頭才能呈現出它美麗的樣貌。

　　「這兒放這粒石頭，真水啊。」

　　聽到我們夫妻齊聲讚美，他們也高興極了，不想，阿婆接著說：

271

「伊特別將石頭矗在這兒，要給你們看看，說是要送給你們的啦。」

這突然而來的一句話，真是使我們受寵若驚。

阿婆大概不只八十歲了，身子還健朗得很，背挺腰直，雖然略嫌削瘦，卻更顯出她的清癯，每次看到她的背影，都覺得如同二八年華的少女。我們看到她的時候，她不是隨手拔起庭前的雜草，就是和鄰居短暫地聊天，而更常見的，是義務地為慈善機構整理回收物品。她的人，就像她的體形一般，清新而簡淡，令人看了歡喜；她家在空曠村道的對面，大概是因為這塊石頭而走過來的。石頭是老翁的，他就住在巷子口那塊空地旁的屋子裡，不知道費了多少時間，這兩位長者，才能挖來那麼多土，將這塊這麼重的石頭搬過來，以他們認為最美麗的角度立在那兒，費了那麼多工夫，在在只為了要讓我們看一眼，好接受他們的餽贈。

讓他們忙累得這個樣子，我們怎麼忍心接受呢？

而這麼隆盛的情誼，我們又怎麼忍心拒絕呢？

老翁大約在半年前發生車禍，剛開始用助行器才能移動身子，過了好幾個月總算改用枴杖，直到不久前才能單憑雙腳走路呢。而且，不能走太遠，也不能走太快，每次看到他，都是在屋前閒坐。不論是老翁或阿婆，他們家都難得見到年輕人，大概全都到外地敘職，或上班去了；我

們真難以想像，他們是如何將石頭移來巷口，而且那麼好端端立著的？

　　我愈想愈是承受不起，愈想愈是不敢推辭，在稍微遲疑後、趕緊向他們鞠躬致謝。

　　我們本來已嫌有些擁擠的小院，現在又立下這塊奇石了。石並不大，卻綻放著異彩，每次看到它，就像看到兩位老人在奮力搬運、細心矗立的情形；更見兩位老人在黃昏中閒閒適適地伴著它的身影，心中有著無比的恬美和溫馨。

三朵睡蓮

　　我們散步的時候，在一條長巷裡，被一位年輕人喊住了。

　　「要不要睡蓮？可以瓶插的。」

　　我們停下腳步，年輕人一面拿出了兩束剪好的睡蓮花苞，一面說是朋友種的。本來抽出兩朵，稍停又抽出了一朵，一共三朵，並要我們倒拿著回去，免得梗子裡的水分流失了。

　　回到家，妻找出一個透明的淡綠色的玻璃瓶，放進八分水，再加入一點鹽，將三枝睡蓮插進去。

　　睡蓮都含苞未放，亭亭而立，很有精神的樣子，便覺得有些歡喜。

　　第二天清晨，空氣很好，晨光很好。走到客廳，只見花全開了，使小小的客廳，全漫著一股清氣，整個人都跟著清爽透明起來。

　　三朵花，竟然是三種顏色呢。黃的、紫的，還有一朵粉紅的。

　　這三個顏色的搭配，如果是任何其他的花種，一定是俗不可耐吧？睡蓮竟就不會，和諧得好像三位少女或三位君子，或三位修道有成的僧人在相互尊重地參禪論道呢。那種飄逸而靜穆的氣氛，真使人覺得此間就是一片淨土，社會上的人、人世間的紛紛擾擾，都在九宵之外，甚且是虛幻的、不存在的聽聞。

最早接觸睡蓮，應是孩童時期到臺北植物園寫生的時候吧？可惜除了許多樹和當時植物園的步道是石子路外，一無印象。

直到三十年前，去參觀了當時在園裡的中央圖書館所舉辦的兒童圖書展，我買了幾本書出來，繞到睡蓮池畔，看一個三、四歲的小女孩，坐在草地，托著小畫板，用小手拿著蠟筆畫圖時，才有深刻的印象。

其實，小女孩並不是畫睡蓮的，她畫的是睡蓮池中央小洲上的杜鵑花。她在畫紙上點著許多點紅，便是杜鵑花了，紅的四周塗著許多綠色的線條，便是葉子了，畫面很簡單，卻充滿了自由、愉悅的稚氣，可愛極了。我不假思索地，便將剛買的書全部送給她，接著有一點貪心地，央求她能否將畫送給我？連她身邊的媽媽都幫我遊說呢。沒想到，小女孩將兩隻小手緊緊地壓在畫板上，一動也不動地坐著。我自知已冒犯到她了，趕緊輕聲地向她的媽媽道歉後，悄悄地離開。

一路上，我不斷地回頭看那小女孩，看著似乎坐在池中，與朵朵睡蓮相融的小女孩。哦，小女孩其實就是一朵潔淨無垢、純真幽美的睡蓮呢！

想想，我真是慚愧啊！比她的年紀大上無數倍的我，雖說本無意識地將許多本書送給她，卻隨即有著盼能換得她那幅畫的微妙的交易心態，真是俗得有點面目可憎呢。

從此，睡蓮在我心中成爲一種標竿，小女孩則是我心中的神衹。我想，是值以窮一生的精力來膜拜學習的。

四隻小水鴨

附近有一條河，是我們常去的地方。

每次去，除了在高聳的堤上走走，還喜歡在堤上坐坐，因為那兒視野遼闊，而少有人跡。

沒有人，心就靜，心一靜，人便清，人一清，便覺渾身爽透，看事看物，都可以無邊無礙，自由自在。

可是也不盡然，還要看看自己的本事。

很多人都聽過這樣的笑話：一個商人由於業務繁忙，每天苦得不得了，因此決定上山參禪打坐。打坐的道場很清淨，商人坐呀坐的，忽然覺得開悟，很高興地跟師父說：「打坐真好呀，因為欠我錢的人都讓我想起來了。」隨即下山，投入更為蕪雜忙碌的討債生活。

對我們來說，河邊也是一個道場，雖然大部分的時間都可以助我們清心如許，但有時也不見得。例如，看到

有人竟在素白的河堤牆面上噴漆亂畫，才一眼，氣就上來了。有一次看報紙，竟刊著某處河堤被塗了許多不協調的畫而讚之為美，更是到了無力可氣的地步，看著應該受過相當教育的記者素質那麼低落，無知地從事那樣的誤導，又如何責求一般唯媒體是瞻，盲從的人群？有時候，閉著眼睛蹦到堤上，氣又來了，那麼光整的堤面，偏就有人昨夜來風雅一番，也許觀星，也許賞月，也許閒聊，卻因為烤肉，將平坦的柏油路面燒了一攤疤，還有幾塊焦黑的石頭炭渣。

不過，幸運的時間還是多得多，過了一些日子，俗亂的漆畫褪色了，疤面也抹平了，當時即被我們移開的石頭與炭渣，連殘留的細屑也不見了，我們又恢復了到堤上的那種清新如許的心境，美麗的東西就隨即顯現出來了。

有一天清晨上河堤，我們發現河面上游了一隻小水鴨，河面很大，映著天光，水鴨很小，卻游得那麼昂奮，頗有天下任我獨遊之勢，我們也跟著快樂起來。後來，又發現多了一隻小水鴨。

河面更活潑了，我們的歡喜也增添了許多。

從此，我們每次上堤防，都會不由自主地尋找小水鴨。今天清早，河面卻空蕩蕩的，反而是對岸來了一輛重機器，幾部小卡車，拚命地挖土、運土，馬達聲響徹雲霄。

「走吧。」由於太吵，我示意妻回去。

「小水鴨！」妻卻高興地大喊著，原來，河的另一頭出現了一些躍動的水波光影。

　　「三角戀愛！」我們有點幸災樂禍地，異口同聲地驚呼出來。

　　由於太遠看不真，卻都不約而同地認定有三隻在鬧情變，因為以前看過無數次的兩隻，都是和和諧諧地同遊，不曾這樣混亂的。

　　可是，過一會兒，又平息了，而且竟然冒出四隻，分成兩組地各自帶開。

　　大概小水鴨的世界有時也是需要一些溝通吧？

　　小水鴨不知游到哪裡去了，挖土機震耳欲聾的聲音又響起來了。這時我才發現，剛剛怎麼都沒聽到呢？

　　原來，外界的干擾，都是自心的反射，所謂道場，不必在山寺，也不一定是參禪，對我們清晨那一段在堤上的光陰來說，可是那四隻逗人的小水鴨呢！

曼陀羅

　　小院的大門邊，種著幾棵曼陀羅，不知什麼時候，橫過幾根枝，罩在門的上方，又不知什麼時候，葉子長大些，加了重量，枝便低了些，再過些天，每根枝梢都綴了一些長長的花苞，重量更增加了，枝又低垂了些，但還都守在人的身高以上，我們視若無睹，每天在枝下來來去去，沒半點掛礙。

　　曼陀羅有些像百合花，雖沒有百合般的標挺，幽謐卻絕對有餘，它不是那種令人一見驚歎的花，而是足以叫人低迴懷想的花朵，我們約二十年來的生涯中，從山居到鄉居，都少不了它，或屋前，或屋後，或石階旁，或小徑邊，總會種了些，看它們像曳著長裙襬的白花瓣，深深地垂下來，有如依臨湖畔的潔淨女子，教人可以盡拋俗慮，默默地欣賞。

我本來不知道有這種花，遠在三十年前，偶經中部一處鄉間的農舍，看到從稀疏的竹籬間，探出一抹白，足有百朵千朵的好花當前，心即為之折，只不知是什麼花，後來曉得花名了，從此，曼陀羅這三個字再也不曾揮去。

　　揮不去的，除了是花名外，在梵語裡，曼陀羅也是道場的意思，人的一生，只要有心，無處不是琢磨的道場，這是和佛家所說的，人人皆有佛性，無處不是淨土的道理是一樣的。

　　因此，我對曼陀羅，除了幾分愛，也有幾分敬了。所以，後來只要有機會，只要身處之地有些許地方，便會種它，何況它只要插枝即可，澆兩天水，便能發榮滋長，對我這種懶人來說，是再好不過的事了。

由於我書桌前即是小院，小院盡處，即是大門與門側的圍牆，在讀寫之餘，總會抬頭看看滿院綠意，常常更是連看也無，只會對之發呆癡想，甚至連綠也忘了，腦子裡一片空無，一片非喜非憂，無得無失的空無。

　　那天早上，像一個癡呆的，或已然坐化的人，混沌之間，精神忽然為之一振，怎麼？半天間像夜裡點燈一般，忽然亮了起來，定神一看，原來，靠著牆沿與大門的一長排齊人高的地方，竟然綴了好幾簇曼陀羅，每一簇有三五朵、七九朵，整個看，便像一抹長雲，在微風裡，輕輕地晃著、動著、擺著，好個嫋娜醉人的舞姿。

　　我不禁又癡了，陽光忽然灑落下來，照得葉更綠，花更白了。

　　癡人易迷，也易忘，下午外出的時候，竟然差點跟守在門前，卻壓得更低的一大簇曼陀羅撞個滿懷，我真是忘了早上看得滿眼繽紛的景象，還很驚訝地戛然止步，低下頭來從花下穿過，只覺得曼陀羅在我穿過的時候，不斷地抖著，好像在笑我這些個笨笨的舉止呢！

鴿子店的春天

　　我們一直想種向日葵，而且是大朵的那一種。記得以前山居時，種了一百多朵，沿著梯田間的小路走上去，遠遠地便看到金黃的群花在山上搖曳，似與天爭輝，好看極了，也令我們歡暢極了！

　　南遷後，一直苦於沒有地方種，前些時，由於意外地多出一片菜園，我們挪出了一小塊地方，想種向日葵。幾天前外出，曾在花店買了一包葵花種子，雖然紙袋上的圖片印得很漂亮，一大朵花多麼吸引人，但打開來看，裡面卻只有十粒左右小小的種子，使我們有些失望，因此，也遲遲沒有種下去。

　　昨天到鎮上，妻靈機一動，提議找一下鴿子店問看看，有沒有作為飼料的葵花種子，結果我們找到一家；在陰暗而狹小的店面裡，坐著一位中年婦女，卻一點也不像

商店的老闆，倒像是梵谷早年畫中的農婦，看起來既純樸又木訥。

妻在前，我在後，我們走進店裡，才說明來意，沒想到她立即指著一個一個擺在店裡，裝著各種飼料的大鐵筒說，自己看，自己拿，反正要的不多，不要錢。妻抓了一小把，總有幾十粒了，問了半天價格，她總是不為所動。妻看到種子有很多種，還想種點別的，心想著，再拿些，數目多了，再和她談，一定會收錢吧？因而又請教她一些種子名稱和放置的地點，老闆娘索性站起來，引導妻東看西看的，並說明一些相關的問題，或哪種可以種，哪種不可以種的，待妻又抓了一把別的種子後，她立即拿出小塑膠袋，細心地將種子分別裝好了，交給妻。這時候，妻又嚷著要給她錢，而我也在一旁幫腔，但是一點用處也沒有，算起來，該是我們有愧於她的，她卻不斷地彎腰打恭，連連笑著推辭，好像我們是債主一般，更是使我們不知如何是好，一直過了好幾分鐘，只得道謝辭別。可是，快到門口的時候，我瞥見了一只鴿子籠裡，一個大概是供鴿子休息的石膏盤子，竟因為放得很久了，被鴿子啄得既斑駁又圓潤，有點像鐘乳石，又有點像被海浪浸蝕後的石岩，美麗極了，也好看極了！

我立即問老闆娘新的石膏盤價格，並一面遞出錢，一面跟她說想買個新的換那個舊盤子，然而，更出乎我們意料的，她還是分文不收，而且充滿著愉快地手伸進籠子裡

拿，大概因為太興奮、太急切了，已被啄得瘦了一圈的石膏盤，竟然一再地卡住，過了許久才拿得出去，她隨即找一個大了許多的塑膠袋，包得好好的遞給我。她送我的時候，笑容滿面，愉快自在；我收的時候，心中可是一面像承接一件稀世珍寶，一面又感無功受祿般地慚愧萬分呢！

我實在不知該如何自處啊！雖然一再地想將錢遞到她的手上，卻始終無法得逞。當我們踏出店門時，她不但送到門口，還一再鞠躬堆笑地說：「有空來坐！有空來坐！」

我們都素昧平生啊！卻平白受到如此的熱忱相待，使我一時覺得，這間狹小而陰暗的鴿子店，頓時有如風光明媚的春天，滿室光華呢！

小鳥蹦蹦車

　　幸福的定義因人而異，但只要有心，它往往突然來到眼前，教你歡喜得措手不及。

　　前幾天，我們去鄰近的一處校園散步，返程的時候，才離開校門，彎回圍牆與長排路樹間的無人走道上，只見忽黃忽綠、忽棕忽紅的，點點都是落葉，美麗極了。我正愉悅地欣賞時，妻忽然驚喜地叫了一聲：「小鳥！」

　　小鳥，空中樹上，鄉村裡多的是，妻會特地這麼一喊，必有特異處，我不假思索地，便在地上找，但還是費了些工夫，因為，那隻小鳥的顏色和體形，和滿地小小圓圓的落葉太相近了，是一隻通身嫩綠的綠繡眼寶寶，本來就嬌小的綠繡眼，就是長得再大，看起來也像小鳥，何況是一隻這麼稚嫩的小小鳥？

　　牠的羽毛全蓬著，每一根都纖細極了，除了尖長的小喙外，簡直就是一只最為精緻柔軟的粉撲。

　　牠看到我們，竟完全沒有躲避的意思，大概還太小，不知道懼怕人類吧？我一面想著，一面蹲下來要親近牠，但腦子裡更快地閃過一個印象。幾年前，當我不經意地發現到小院裡的鳥巢中，有兩隻更小的，連尾巴都未長好的小鳥時，牠們卻被我嚇得立即飛到幾尺遠的另一處樹枝上，使我因驚擾到牠們而抱憾許久。現在，這隻綠繡眼寶寶，是否也會慌忙跑開呢？

　　可是，由於自制力的不足，我還是往下蹲，但才彎了腰，牠就跳開了，卻是慢條斯理地跳了兩、三步而已，我覺得牠並不是真怕我，便完全蹲下了，沒想到，這次牠竟飛開了好幾尺，足有牠身長的幾十倍，而且是朝馬路邊緣

而去，這下子，可反而把我們驚嚇到了！萬一再遠了些，被來往如矢的車子壓到怎麼辦？我立即跳了過，用腳擋住牠的去路，試著趕牠回到樹蔭下，幸而牠一點也不掙扎地，順著我腳勢向內跳了幾步，後來，乾脆就跳到我的涼鞋上，乖乖地站著，使我心中有著無限的驚喜。

　　為了安全起見，我又小心翼翼地往裡走了幾步，想將牠放到牆根，可以遠離道路，沒想到，在旁的妻卻迸出一句話：「小鳥在坐蹦蹦車。」

　　嘿，還真像呢！由於我的腳背相當厚，所以一穿上涼鞋，就像遊樂場裡圓滾滾的，很博小孩子喜愛的蹦蹦車，以前都沒發覺，這次托小鳥之福，被妻點出來了。

　　到了髮禿鬚白的年紀，身體上，還具有著可以與孩童攀上一點關係的徵象，此又是一樂。到牆根了，我停住腳，彎下腰，將手掌挨近綠繡眼寶寶，牠竟毫不遲疑地跳上來，任我觀賞。嚇，居住山中六年多，鄉居亦已十多年的我，看鳥無數，除了曾為了救助失親的巢中幼雛，又怕有了意外，誠惶誠恐地餵養過牠們外，是第一次這麼毫無掛慮地親近野鳥呢！幸福之感立即充滿胸中，真的有點飄飄欲仙了！

　　可是，由於擔心母鳥早已在枝頭上尋找牠的寶寶了，不敢耽擱太久，只好將牠放回地上，和滿地落葉織成一幅美麗而圓滿的圖畫，我們有些難捨地離開。

撿來一張旋轉椅

偕妻騎著腳踏車外出，在附近的垃圾堆旁，發現一張被人丟棄的旋轉椅。

這張椅子是用寬木邊為架，以細藤編成靠背與座子的，設色與樣式都磊落大方，做工也非常精緻，雖然舊了些，漆色卻因而更顯得古樸，唯一的缺憾是座底的藤編部分破了一個大洞，其實換一下也就可以使用了，卻被人當做廢物拋棄了。

我們都覺得好可惜，返家的路上，不斷討論著要不要撿回來，更重要的是如何安置？一定要放在看得舒服自然的地方，且可以善盡其用，否則，多了一件沒有意義的東西，只是等於將垃圾堆遷移到家裡來罷了。

想呀想的，想到後屋有扇窗，窗下有個書架，架上放著幾個盆栽，我們都很喜歡透著窗光映得一片碧綠的盆栽

景致，和妻兩人時不時都會搬張椅子就窗閱讀，那兒不就是放旋轉椅最好的地方嗎？

主意既定，我們折回來，將轉椅搬上我那輛笨重的腳踏車後座上，一路高高興興地回來。半途上，遇到一位推著小嬰兒車散步的老太太，她看我們撿了一張破椅子，有點納悶卻很慈善地笑著，我則稱讚那個躺在小車裡晃著兩手、自己玩得不亦樂乎的小娃兒是如何的可愛，老太太開心得笑出聲來，雖然已近隆冬，我們卻覺陽光好、氣溫好，簡直可說是春風得意地返抵家門。

由於座子的藤編壞了，我乾脆將它取下來，卻因為它實在編得精巧美麗，又捨不得丟，便剪下尚稱完整的部分，當做一件藝術品蒐藏者。椅子缺了座底，我換上木板，覺得硬了些，便鋪了一塊咖啡色的毯子，由於顏色和椅子本身非常協調，頓使這張旋轉椅煥然一新而不失古意，天冷的時候更可以保暖；一俟夏日，則只要代以竹編坐墊便是生涼，兩皆相宜。我再仔細地檢查其他地方，除了扶手有點搖晃，我只要加拴根螺絲便可以完全穩定外，一無缺失，就是椅子下方的旋轉機件與轉動的橡皮輪子也都完整無缺，我和妻都先後試著坐坐看，並且像兒童在遊樂場坐旋轉木馬似地轉來轉去，玩得不亦樂乎。

從此，我們有了一張旋轉椅，是看書的好幫手，也是可以追懷一些赤子心情的玩具，書看倦了，轉一轉，便可

看看窗外雲天、書架上的綠影，也可以和本就坐在一旁看書的另一個人搖頭晃腦地聊天。

　　我們滿意極了，可是在歡喜的底層，又不免有些感懷，為什麼只要花半天時間便可修理得恢復舊觀的這麼好的一張椅子，人們卻會如此毫不珍惜地丟棄呢？

花匠牛

　　年前清理了一大片空地，本來雜樹漫天，一下子平了，天幕灑了下來，一派遼闊景象。那兒本是我們往常散步常會經過的地方，每次看到了，心中便清朗起來。

　　後來，我們散步的路線換了，竟許久不曾看過那塊空地。有一回再經過時，本來敉得光禿禿的黃土地，怎麼一下子全綠了；隔一段時間再去，綠，竟高了起來，一次比一次高，一次比一次高得快，本來尚稱平整的這道綠色水平線，漸次參差了，有的草高，有的草低，甚且有些樹了，色澤疏密也都有別，有的草葉濃稠，有的草葉疏淡。再過些年，這塊地方又會回復原來蕪雜的樣子吧？滿眼碧綠固然欣怡，但當它高過人軀，終究把天空遮了，眼界受阻，心靈也窒礙了。

當初，為什麼要費那麼多勁整理呢？心中不禁有著疑問，但更盼望有朝一日草能低些，可以還它幾許天色。當然，也不必除到光禿禿的地步，沒有半點綠意的世界，畢竟難挨。

　　前些天，外出歸來，忽然想著，繞過那塊地看看吧。

　　草，又密又稠，綠得有些膩了，我的腳踏車了無半點遲緩瀏覽的心情，眼中的綠意不是草葉，而是一抹水彩畫中渲染的顏色。

　　忽然，綠缺了口，鑽出了一團黃，不是黃土地，而是一頭牛，一頭黃牛。

　　黃牛的嘴一勁嚼著，原來，綠的缺口處，是被如刀剪平的狼尾草；原來，黃牛當了花匠，把草剪了。比花匠更好的是不留下半根草屑，全送到嘴裡津津有味地嚼著。

　　牛的出現，不論就形、就色、就意象上來說，都備感清新。這時我才想到，牛不會只嚼食一處吧？腳踏車慢了

下來，一路搜尋，發現沿路所見的狼尾草，都成為半截的平頭植物。這頭牛，不知在這片草地上徜徉多少時日了，牛的主人真是聰明啊！這頭牛我是知道的，也知道牠所屬的農家，以前常看牠的主人駕了一輛牛車，車上滿是狼尾草，料是農夫辛勤割下，用心餵養牛隻的吧？而今，連草都不必割，只要將牛牽來離家不過百來公尺的曠地上，自有連綿不竭的牧草，既飽食了牛隻，也整理了這塊草地，映了許多天空，增添一番好氣象。

這頭牛，就變成最令人愛親的花匠了。

最後一片紅葉

　　冬天去了，春天來了，冷暖雖有別，但樹木的葉落辭枝和綠芽新抽的景象，更是叫人感慨。

　　小園裡種了好些樹，有些固然無視氣候之轉變成年翁鬱，有些則隨時節更換形貌如人添減衣衫，其中就數欖仁樹最為鮮明。

　　我們的這棵欖仁樹還不大，在十尺高的光溜而挺直的樹幹上分出許多枝，枝上滿是大而圓厚的樹葉，好像一張大傘，樹下有石，小坐其間，酷日可以遮陽，輕雨則可擋水，但我們很少蒙受此惠。小園裡尚有比它體高蔭濃的樹，我們只是喜愛觀賞它的姿容。

　　像團扇般一片一片青綠色的葉子，忽然漸漸轉紅了，而且是深重得激盪人的殷紅色澤，透著天光看去，如同仰視教堂裡的花窗玻璃，一片比一片明，一片比一片豔，直

叫人興奮不已。可是，才上興頭，只要多想一層，眉頭便得黯了，因為當它色彩最為熱絡的時候，也是將要辭枝墜地的時候。

紅葉終於落了下來，一片接一片，你幾乎可以聽到它離開枝頭時「剝」的那聲輕響，當然，墜落到地面的猛擊聲，更是叫人不忍卒聽。但是，欖仁葉可是毫不遲疑地，無悲也無欣，它們只是應天地之序而已，生與死，都不過是一種造化跡象罷了。

隨著冬日漸深，葉子落多了，我們的一點點感傷之意，也日趨平淡。過了許多天後，忽然發現滿地紅葉，才驚嚇著，為何無感之心竟已凍結那麼久了。

春天悄悄來臨了。

孤獨的枝頭已有了新的標記，它們一一抽出綠來，從一丁點芽頭，變成一束綠，綠分開來，像花朵般，幾片小葉子繞著一個圓心，均等地向四周放射開去，它們，已是完整獨立的葉子了。

可是，還有兩、三片葉子守著枝頭，它們忘了季節，不懼冬李，還是那麼紅豔豔地與陽光映合，它們竟比一樹新葉更吸引我們，成為我們視覺的焦點，這時我的心情很矛盾，既希望它們早早辭去，以全樹木生機交替的天責，又盼它們遲些落下，好多依戀幾天，得失桎住心頭，觀賞的逸趣便減了許多。

又掉一片，又掉一片，整棵樹只剩下最後一片紅葉了，在四周他樹的百千新綠之中，顯得特別耀眼。這時，心境反而簡單起來，落與不落，都已釋然，葉紅葉綠，都是好光景。

　　再過幾天，那片孤獨的紅葉，終於也掉落下來，看它靜靜躺在泥地上是那麼安然恬謐，似乎在盡享長期戮力後的釋然，不禁令我欣羨起來。

一管麻竹情

　　前些天偕妻散步時，發現小路邊躺著兩根麻竹管，使我如見故人，高興極了。

　　麻竹管一粗一細，一長一短。長的約有二十尺，是將整棵麻竹由頭到尾截下來的，反而細些；短的則截取由根部溯起的十尺左右的長度，相較之下，益顯壯碩。

　　我的眼光立即投射在那根粗竹上，如果有人看到我當時的眼神，一定非常燦亮甚至是帶點閃爍的，因為我不只有著如見故人的喜悅，還有著想邀其長時把晤的想頭。

　　多年前我們住山，山齋前後多的是竹，雖然以桂竹最多，漫山如煙如霧，都是桂竹青綠細緻的葉片姿容，綠竹大都只沿山澗水涯棲生，卻也濃蔭曲然，平添逸趣，但是都不及數量最少的麻竹儡人。

　　麻竹數量少，因為比較喜愛獨立。它不像桂竹一大片漫衍開來，而只是一叢一叢地散落著，雖然只是一叢一叢而已，卻由於身高體長，葉大枝濃，每一叢都是擎天巨人，偉岸矗立，好不凜然。

　　麻竹不但壯觀，亦有清麗之美，每到月夜，中宵觀竹，但見藍天如海，竹葉如魚，山風吹來，優游自得，好不快哉！而其用途之廣，更難以枚舉，現採現煮，鮮美可人，每到端午時節，村人便上山斨竹取葉，做為包粽子之用；我們山齋的牆壁壞了，我即截竹對剖，成為兩條半圓長管，上下交疊，連綿成壁，不但實用，甚且樸美好看。印象最深的莫過於搭設竹橋，我們山居的數年間，不知搭過多少座竹橋，而以齋前的竹橋最長最寬，也最費力。

一座橋得用十根左右的麻竹為橋面，每根均需數公尺長，不得中斷，重量至巨，更難的是山徑彎曲起伏，搬竹的時候，稍不小心，便會直衝澗底，待要再移回道上，可是一番碩大工程，要是身軀閃避不及連人墜下，更是不堪設想，但也由於每次造橋都費盡心力，印象特別深刻。此次看到路邊有麻竹管，立刻與造橋的情愫相連，所以備感親切歡喜。只是，我知道此地無需造橋，長竹無用，但那管較為粗短的麻竹，卻可使我涵詠往日的山居歲月，同時不免也有些疑問，此處少竹，更難得見到麻竹，而此地人要此麻竹何用？

　　我探問路邊人家，一位老婆婆應門而出，原來麻竹是她先生向人要來支撐果樹因結實纍纍不勝負荷而下墜的側枝用的，經我央求割愛，竟慨然應允而分文不取。

　　千謝萬謝，扛著麻竹沿路回來，有如回到山居生活，好不歡喜，見到路人側目，內心不免感到有點像剛在學校領到獎品的孩童，頗為意興飛揚，好不得意。

快樂的落葉

　　門外一小片空地上，又堆滿龍眼樹的落葉了。

　　前兩個星期，我們才費了一陣力氣，將空地上的雜草和斷落的樹枝清除乾淨，過不了幾天，土黃色的地面，便一點一點地浸了褐紅色的葉子，一天一天增多，光光整整的土黃消失了，如今代之的是厚如毛毯的褐紅葉子，色澤換了，韻味更增添了許多，因為泥土地是平平坦坦的一片，沒有什麼變化。厚毯似的落葉可不是了，每片葉子都有光有影，有各自不同的形狀，因此，整塊地面都是深褐淡褐千萬不同層次的色澤，加上驕陽從樹梢葉隙間灑落下來，更添了許許多多的光譜，單只這靜態的美景，已叫我目不暇給。每每窗前小讀，都會忘其所讀，眼界穿過窗櫺，穿過小園，穿過空疏的門扉，直直地鎖定那片歡樂地。

我說歡樂，是一點不假的。雖然掉落下來的都是枯葉，在人的眼光中，它們都已消失了生命，但是就枯葉本身來說，何嘗不是脫離樹身之枷鎖，成就一個自在完整的獨立生命？它們快快樂樂地飄落下來，擇一隅而駐，在飄落的過程中，飽嘗新生和翱翔的喜悅，墜落後，又能體會貼適與安謐的境遇，比之於人，人生除此之外，尚有何樂可求？

　　落葉之美，還不只如此呢。過不了一會兒，風來了，如果是微風，它們只要輕擺袖口裙角，示深閨淑女曼妙之一笑；如果風大了起來，則忽地躍起，有如熱舞的少男少女，肆意狂飆，將長蟄久蓄的精力一下子釋放開來，好不快哉。如果忽然來了一陣迴旋風，則颯颯的飄葉，亂中有序，更似一群久經嚴格訓練的舞蹈家，齊在那塊小小舞台上做世紀的表演。

　　這時，我便滿眼燦爛，心境隨之騰越，亦成舞中之一葉，與婆娑大千同歌同笑，同飛同揚，何有界分？

　　落葉，不只能靜能舞，也能作畫描圖。

　　風靜了，當它們狂歡後，又回復原來的修持，每一片都了無雜慮罣礙地靜止著，安安謐謐、平平穩穩，一眼望去，既如厚毯，也如一片素淨的畫布。

　　不一會兒，貓穿過去了，輕輕淺淺地撥開幾許葉子，畫下了淺淺的一條長線，是小河流；狗來了，重重地跑過去，一串腳印便在畫上種了好多樹；雞來了，這邊挖挖，

那邊窩窩，造就了好多山巒；兩隻松鼠追戲了一分鐘，便見滿地草茵了。

　　我每次看著想著，古人以蚊為鶴，壁上斑痕為山水，其境之美，實遠不及於此，不覺笑掩心頭。

缺了門牙的盆栽

家居附近有許多貓，什麼顏色都有，其中，有一隻黃的，一隻灰的，最常來小院巡視。

黃貓最愛從屋頂躍向楝樹，再循樹幹而下，或從楝樹攀爬而上屋頂。從下而上還好，怕的是牠從屋頂躍向楝樹的一刹那，事先沒有預知，突然躍出一個黑影，其形頗大，其速甚快，常使在窗前發呆或看書的我猛然一驚。這樣的經驗，往日居山時不是沒有，但都是驚喜快慰的，因為山居所見的不是貓，而是飛鼠。

對我來說，飛鼠是罕見的動物，牠在飛躍的時候，會將前後足之間與身體相連的膜張開，體形比貓大得多，按理說更是嚇人，可是我卻適得其反，最鮮明的兩次，一次在黃昏，一次在深夜。

居山期間，我們舉炊的薪火，都要漫山撿拾廢木斷枝，一次正跨過一棵大樹的巨根時，腳下忽然飛出魔毯直翔而去，看清楚了，才知是飛鼠。看著這麼奇妙的動物，心隨牠去，好不逍遙。不過，也只在轉眼間，牠已附在一棵杉樹上，而後迅速下竄，消失在林葉中。事後想到，牠怎會從我腳下飛出，察看之下才知樹根有一黑洞。也許，牠正在洞中酣睡，是我吵醒了牠，實在抱歉。另一次的深夜巧遇，其境更美，其心更悅。山齋前有空庭，與妻夜談，除了屋中透出的燈光外，群山皆暗，漆黑一片；天空則滿眼深藍，幽微透明，如在化外。忽然間，一抹黑雲自屋簷而出，不疾不徐地飄過去，消失於山林中。待

賞盡喜盡之餘，才想到，哦，那是飛鼠，眞如凌波仙子，似夢還眞。

為什麼同樣是不其然地出現，飛鼠會令我喜，貓卻令我驚嚇呢？問題在於飛鼠移動曼妙，未若貓之急速倉皇，動靜之間，喜懼立辨。

灰貓則愛從院中那一簇鳥巢蕨下穿出，無聲而沈穩，兩眼森然，加上身上有斑紋，色雖不同，亦頗見虎風。牠每次都走呀走的，忽然躍上我們自砌的一道矮磚牆，也不顧牆上是否放了一排盆栽，也不顧盆栽是否將隨之墜下，便立即攀附更高之牆而躍上隔鄰空置的棚子頂，兀自舔毛閒坐，妻只有苦笑著，又壞了一盆花了。

過了好些時日，妻發現那道矮牆是灰貓必經之路，而且，那放著第二個盆栽的地方是牠必經的點。在摔壞了幾個盆栽後，她終於決定，顧不得小院景觀之美，寧留一空位，任貓上下，那道排列整行的盆栽，遂空了一個缺口，好似稚齡小孩缺了一顆門牙，每天對我們傻傻地笑著。

有一次，我在搬移東西的時候，不小心打落了另一只盆栽，不知情的妻以為是貓的傑作，嚷著：「又打落一顆牙齒了。」我不禁笑了，笑裡覺得對灰貓有些歉疚。

竹葉心

　　居此鄉間多年，遠的騎腳踏車，近的用兩腳，能散步的地方都走遍了。沒想到這幾個月來又發現新的領域。

　　其實，這條路一點都不新，不論騎腳踏車或走路，不知經過多少回了，因為它僅僅近在咫尺而已，新的，是我們的心境。

　　走出屋外，穿過小巷，便是一條相當寬闊的馬路，這條馬路，人少車稀，平常的日子裡，一天大概不會超過一、二十個人車經過。較常看到的倒是懶洋洋躺在路心的狗，這些狗中有家犬也有流浪犬，在鄉村這兩種狗的分野不太大，都是未受約束、自由自在的生靈。只是牠們各有領域，這領域倒不是家犬流浪犬之間的分野，而是狗與狗之間的差別，由於家犬各有屋屬，而野犬大多數隻群聚，相形起來，家犬因為大都落單，顯得孤獨一些，野犬則結

夥聚集，反而溫暖許多。然而家犬是固定的，除非意外，否則不會消失，野犬則來來去去，今天數隻遊蕩，明天就不見蹤影了。

　　幾個月前，不知是誰先發起的，我們在早上九點左右便出門走走，這是以前未曾有過的散步時段。行走的路程並不長，只是到這條屋少樹多、人車皆稀的大馬路幾百公尺外的盡頭而已，本來不時可見狗影的路上，這個時候竟然難得發現蹤跡，也許家犬尚未被主人釋出，野犬忙著到較有人居處的垃圾堆覓食了，整條街顯得比平常空曠許多，由於路寬屋低，天空自是揮灑無限。

　　記得前陣子海爾・波普彗星到來的時候，媒體不斷報導觀賞的地點，大概有不少人很辛苦地開著不知多少小時的車，到什麼僻野之處去應此盛會吧？我們可簡單得很，那天入夜，妻說，出去看彗星吧！只要著上拖鞋，走不到兩分鐘，才到巷口，就在大馬路的邊緣，側眼西北看去，那天邊一個星點自後拖著一團淡光的，不就是海爾・波普彗星了嗎？連望遠鏡都不用便看得一清二楚。

　　由於路寬，沒什麼遮攔，心境自也寬舒起來，幾百公尺的行程，我們隨興而走，隨興而談，有時候覺得似乎可以言說不盡；有時候怎麼話沒幾句就到終點站了？不過，請放心，這才是歡敘的開始。因為，這兒有一座早廢的橋欄，更美的是橋欄後面的一片綠竹園，我們可以坐在橋欄上，竹蔭正好為我們遮陽，雖然再過去一些便接上了另一

條馬路，但由於人車亦少，且隔著一道小溪，一點也不會影響我們，萬般世相和匆促時光，在這兒都停了，息了。我們是比躺在路心的狗兒更為閒適悠然的生靈。

還有更美的呢！竹蔭不但為我們遮蔭，每根枝梢還都吐著一線翠綠的竹葉心，只要將它抽出，輕嚼那最鮮嫩的粉綠根部，便有一種如茶、如草、如泉的清芬潛入舌尖，舒服極了。這使我想起往日居山時，不時抽取屋旁的竹葉心烹茶的情景，有著羽化登仙之感，好像為往後的一整天，注入源頭活水。

混亂動物園

　　我們的院子不是沒有熱鬧過，但從來不曾這麼混亂過。

　　來小院拜訪的小動物不少，有一對白頭翁更從談戀愛至衛草築巢，生養兒女，一一演義，尤其是教小鳥飛翔的時候，滿院折騰，為了怕驚擾牠們，我們禁足了好幾天。有一次，地鼠不知發了什麼顛，大挖地道，不管有草沒草的地方，將小院子鑽了個遍，幾像一畦新犁的稻田。

　　數目驚人的是蛤蟆，蛤蟆旺盛的季節，我們移步都像武俠小說中走梅花椿，不同的是前者怕踩空了掉出椿外；我們則怕踩實了突添腳下蛤蟆亡魂。不過，蛤蟆再多，都是靜默無聲的，有一種更小的動物數目更多，只是不在地面，不必怕誤觸牠們，可是卻得飽受牠們的疲勞轟炸。

　　那是蟬兒。

我們的那棵楝樹，是蟬最喜愛盤據的地方，每屆夏日，滿樹皆蟬，一旦鳴唱起來，排山倒海，令人不得不掩耳閉戶，跑進屋中避難。奇的是，聲音雖然奪人，卻不至於擾心，我們還是會隔著小窗，高高興興地與之相看，因此還不至於亂，更談不上混亂。

會亂，是因為松鼠。

幾年前，偶然發現枝頭上掠過一個不甚清晰的毛茸茸的影子，不禁心生歡喜，因為我們知道那是松鼠的尾巴，從此與之結了不解之緣。幾天後，發現屋前的大樹上有兩個松鼠巢，更知道，松鼠宛然成為我們家中的一員了。

過不了幾天，鄰近高樹上的枝葉躍動了起來，果子更飛濺了起來。枝葉會躍動，因為松鼠無時不刻，上天入地地奔竄；果子會飛濺，因為松鼠常常東咬西咬的，有時見

異思遷，有時爪沒抓緊，咬上一、兩口便任棄於地，不論是芒果、欖仁果、馬拉巴栗或其他果子。自此，無時無刻不大珠小珠落玉盤，小院內外，無處不見殘痕。

　　後來，我們在院子裡放了玉米，斑鳩第一個來報到，然後，正大快朵頤之際，松鼠來了，以其體形較大，霸道地像風捲殘雲般地吃了起來，斑鳩只好退到數尺，甚至數十尺之外的枝上，在屋頂上覬覦著。如果只有一隻松鼠也就罷了，不多久，又來了一隻，再來一隻，最多時來了四隻，結果，牠們互相攻堅、護守、追逐的時間，比吃的時間還長，在這空檔期間，三隻斑鳩來偷襲了，而牠們之間，竟不懂得共體時艱，互相合作，往往還互相對峙，也爭著要獨霸那一攤黃澄誘人的玉米粒。

　　這時候白頭翁也來了。爭食那些本來我們要引誘斑鳩，卻不曾蒙其青睞的小麥和小薏仁米，想想看，我們這塊巴掌大的小庭院，竟惹來這麼一大群小野生動物，演出像平劇裡的武打場面，各種武行毫無章法地翻觔斗，大展特技，極盡混亂之能事，怎能不令人像只會看熱鬧的小兒般，瞠目結舌，興奮不已？

小小舞臺

　　屋後有一口小窗，窗外有一片天空，還有一棵桑樹。在天空裡，我們可以看到晨曦、看到星辰、月亮，也可以看雲看雨，甚至閃電、彩虹，還有幾點翱翔中的白鷺鷥和零星掠過的小鳥。

　　不過，這樣的機會不多，因為一年四季大半的時候，窗口全叫桑樹擋了，縱使將蕪雜的枝葉鋸短些，讓出一點位置，總算能窺得一、二了。但是桑樹長得快，不消多久，新枝便會再張牙舞爪，跟著掙出更為強權霸道的葉子，再攀上一些完全不顧禮數的藤蔓之類，很快就占滿了天空，把雲彩星月全遮了。可是，我一點也不難過，除了可以移到另一個窗口照樣觀賞天象景觀外，桑樹自成一個舞臺，規模雖然比天空小得多，但上演的戲碼精彩多變，一點也不多讓。嚴格說來，這口小窗似是專為桑樹而設的。

桑樹茂密，最易引鳥，白頭翁、綠繡眼、黑枕藍鶲、樹鵲、烏秋、伯勞等，光臨過的鳥兒，可能不下二十種，尤其是桑果的盛期，白頭翁和綠繡眼更是成群地來，一、二十隻同時鑽動啼叫，有如市集的嘈雜，早已司空見慣。有一次，還引了樣子可愛突梯，大喙小身的翠鳥；前幾天，更有一對眉毛描得比埃及艷后還濃麗的小彎嘴畫眉，只因隔了一道窗櫺上的紗網，牠們便在我們眼前不過兩尺的近枝上嬉戲，無懼於緊挨窗口，看得興奮莫名的一對人類夫妻。

　　除了鳥，桑樹自己更是好演員。只要用心觀察，再加上一些想像力，幾乎世上的圖樣，都可以尋找得到。一片葉子被另一片葉子遮去大半，透過陽光，映現的便是一彎新月；新冒的苗頭，好像剛鑽出地洞，正向天空探奇的小地鼠；許多枝葉交錯在一起，加上光影的變化，則如鳥瞰的綠洲；那根粗枝上怎麼突然冒出一個滿臉皺紋，滿布鬍鬚的老公公？原來是被松鼠狠狠地啃了樹皮。桑果被小鳥啄去了一半，則成為佛陀的髮髻；前兩天我還從樹葉本身的皺紋中，看出了半面觀音，由你怎麼想吧！

　　不只鮮嫩的果葉如此，枯萎的葉子更是擅長；寬大的葉身捲曲起來，是鳥身，葉尾尖尖地抽出去，是鳥尾，葉子的前端微微打個轉，小鳥的頭便跑出來了，還有頸子呢！真是唯妙唯肖。不過，看了那麼多，都沒有前些天發現的那片枯葉逗趣；不知怎麼搞的，枯葉竟然分成兩截，

還自捲成一團球，吊在半空中，像個小頭小身子的娃娃，更妙的是上截的葉子分出一長條，還向上折了一下，像隻放得不太正確的敬禮的手，實在可愛極了。

古人看蚊如觀鶴，我也曾在許多木紋上看遍了山山水水。不只桑樹，在許多林木或各種自然景觀中，都是瀏覽不盡的舞臺，營些心思，人生何嘗無趣？

圓一個小小的夢

　　年輕時看書，讀到法國思想家盧梭說：「如果你們找不到我，那麼，就到橡樹下找吧。」到底是讀他的傳記或是什麼著作，以及書中的其他內容如何，我全都忘了，只是這一句話，幾十年來不時會照臨我的心靈。

　　樹，對盧梭來說，大概是自然與自由的象徵吧？在屋子裡，或在煩雜的人群裡，他往往會失掉了自我的領域，所以喜歡到橡樹下徜徉吧？大概盧梭的家居附近，正好有棵大橡樹，所以才這麼說吧？其實什麼樹都可以吧？

　　樹，也是我向來喜愛的，對我，相信對許多人也一樣，全都是代表著自然與自由的意義吧？小時候，我家附近有一個小廣場，廣場中心便立了一棵大榕樹，我和小朋友們一定到那兒玩過無數次了，可是，當時的玩伴，早已忘記有誰了，大榕樹的身影，卻像廣告畫面中的唯一主體，布

滿了整個回想的畫面，連附近圍繞著什麼樣的屋舍全都淡化掉了，那粗厚的樹幹，那寬廣的樹蔭與濃綠的葉子所連接著的更為無邊無礙的天空，一直都烙印在心裡頭，變成了一項標竿。

不過，這終究只是標竿罷了，直到許多年後，住在鬧市公寓，為了擋住對面公寓的背後曬著的那零零亂亂的衣服，我在窗口放了一棵探到屋頂的榕樹盆栽，這在當時那一區的公寓中，已是最茂盛的綠了，但終究只是盆栽而已，標竿雖有了一點影子，還是很虛幻的呀！

直到又過若干年，移入山居。

山居固然有很多樹，也有幾棵比小時候的榕樹還大的樹，但都和山齋有些距離，而且，當你看到許多地方都有著被砍伐掉的巨大的殘敗樹頭時，小時候那種對於大榕樹的歡躍崇仰的心，一

點也興不起來，這時才明白，心中的綠、心頭的樹，竟然不是具體的，卻是比具體更具體的烙印。

因此，小時候的大榕樹，盧梭的橡樹，還是只能在憧憬之中。又過了若干年，我們南遷移居僻鄉，沒有連綿不絕的山巒，沒有近似神木的大樹，在極其有限的小小院子裡，才真的溫熱了多少年以前的夢想。

那一年，我們他遊，妻在海邊撿來一顆欖仁樹的種子，埋入寸園的土裡，過了一兩年，竟然長成一棵小樹了，又過了三、五年，竟然直衝雲宵，樹幹雖還不粗，但足以倚靠一個人了，枝葉無比繁茂，要不是顧慮院子太小，會剝奪其他花樹的陽光而年年裁剪，否則，大概會盤據大半院子的天空了，因此，我對它有個夢想，就是要將小時候那棵大榕樹，年輕時那棵盧梭的橡樹，回到現實裡來。

在我花兩天時間，將院子的景觀重新調整之際，特意在欖仁樹下放了幾塊石頭，可當景點，也可坐於其上，安安靜靜地靠著樹幹，休憩、看書、痴想，我終於圓了一個小小的夢想。

停雲
編選後記

謝顗

　　屋前門楣上有塊小木匾，是粟耘撿拾廢材釘製的，上面有他用毛筆題的「停雲」二字。

　　這簡單的小木匾，隨著我們從苗栗山上的老屋搬遷到臺南鄉間的小宅園，和我們一起看過空山雲彩和鄉間閒雲，分享了生活中的晴雨悲喜，與歲月深深淺淺的刻痕。

　　我們都喜歡簡靜的生活，婚後雙雙辭去工作，遷居山林。我們居住在半山腰，土屋瓦房有山溪圍繞，最近的鄰居是山腳下的老夫妻。山上生活清儉，墾土種菜、撿柴生火、修補屋牆，樣樣都要自己來。那時年輕，無憂無懼，年輕的心，年輕的眼，看什麼都新鮮。遍山的林木山花、蛙鳥蟲蛇、風雨雲霧，星月螢火，都成了眼中的驚喜，心中的滋養。

320

我們在山上的老屋，坐看雲舒霧卷，看白雲翻過對面的山頭，傾洩成雲海、雲霧，繚繞在山谷，然後飄飄渺渺的流入山齋，瀰漫成記憶裡的空濛。

　　相較於整座空山的雲嵐煙霧，南部鄉間的宅園地小樹多，遮蔽了大片天空，但我們已經很知足了，樹隙有天光雲影徘徊，我們還是開開心心的享受停雲之樂。

　　屋旁有棵高大的苦楝樹，春天花開的時候，一樹紫花，如雲如煙，如夢如幻，像一朵淡紫色的大雲朵，停佇在我們的屋頂。

　　屋前還有棵欖仁樹，秋冬時節，一樹紅葉招搖，樹上紅葉有天光映照的嫣紅，樹下落葉則是斑斕深邃的絳紅。我們總是捨不得這一地紅葉，於是撿拾紅葉穿線成串，一串串掛在亭柱間。忙碌之餘，相視而笑，我們把黃昏的彤雲懸掛在屋角了。

　　何況附近的曾文溪畔，嘉南平原廣袤，散步在堤防上，天遼地闊，白雲舒卷，溪聲潺潺，我們看雲、數雲、猜雲，其樂也融融。

　　二○○六年粟耘病逝。

　　世事如白雲蒼狗，雲起雲滅。

　　停雲、停雲，雲起時相伴相隨，雲滅時相思相憶。

　　這選集是我心頭小小的緬懷與感念。

臺南作家作品集　全書目

● 第一輯

1	我們	黃吉川　著	100.12	180 元
2	莫有無──心情三印──	白　聆　著	100.12	180 元
3	英雄淚──周定邦布袋戲劇本集	周定邦　著	100.12	240 元
4	春日地圖	陳金順　著	100.12	180 元
5	葉笛及其現代詩研究	郭倍甄　著	100.12	250 元
6	府城詩篇	林宗源　著	100.12	180 元
7	走揣臺灣的記持	藍淑貞　著	100.12	180 元

● 第二輯

8	趙雲文選	趙　雲　著　陳昌明　主編	102.03	250 元
9	人猿之死──林佛兒短篇小說選	林佛兒　著	102.03	300 元
10	詩歌聲裡	胡民祥　著	102.03	250 元
11	白髮記	陳正雄　著	102.03	200 元
12	南鵲是我，我是南鵲	謝孟宗　著	102.03	200 元
13	周嘯虹短篇小說選	周嘯虹　著	102.03	200 元
14	紫夢春迴雪蝶醉	柯勃臣　著	102.03	220 元
15	鹽分地帶文藝營研究	康詠琪　著	102.03	300 元

● 第三輯

16	許地山作品選	許地山　著　陳萬益　編著	103.02	250 元
17	漁父編年詩文集	王三慶　著	103.02	250 元
18	烏腳病庄	楊青矗　著	103.02	250 元
19	渡鳥──黃文博臺語詩集 1	黃文博　著	103.02	300 元
20	吧哖兒女	楊寶山　著	103.02	250 元
21	如果‧曾經	林娟娟　著	103.02	200 元
22	對邊緣到多元中心：臺語文學主體建構			

●第七輯

40	府城今昔	龔顯宗 著	106.12	300元
41	臺灣鄉土傳奇 二集	黃勁連 編著	106.12	300元
42	眠夢南瀛	陳正雄 著	106.12	250元
43	記憶的盒子	周梅春 著	106.12	250元
44	阿立祖回家	楊寶山 著	106.12	250元
45	顏色	邱致清 著	106.12	250元
46	築劇	陸昕慈 著	106.12	300元
47	夜空恬靜──流星 臺語文學評論	陳金順 著	106.12	300元

●第八輯

48	太陽旗下的小子	林清文 著	108.11	380元
49	落花時節 - 葉笛詩文集	葉笛 著 葉蓁蓁、葉瓊霞編	108.11	360元
50	許達然散文集	許達然 著 莊永清 編	108.11	420元
51	陳玉珠的童話花園	陳玉珠 著	108.11	300元
52	和風 人隨行	陳志良 著	108.11	320元
53	臺南映像	謝振宗 著	108.11	360元
54	【籤詩現代版】天光雲影	林柏維 著	108.11	300元

●第九輯

55	黃靈芝小說選（上冊）	黃靈芝 原著 阮文雅 編譯	109.11	300元
56	黃靈芝小說選（下冊）	黃靈芝 原著 阮文雅 編譯	109.11	300元
57	自畫像	劉耿一 著 曾雅雲 編	109.11	280元
58	素涅集	吳東晟 著	109.11	350元
59	追尋府城	蕭 文 著	109.11	250元
60	臺江大海翁	黃 徙 著	109.11	280元

臺南作家作品集 75（第十二輯）

02
停雲

國家圖書館出版品項目編目

停雲——粟耘散文選 / 粟耘著，謝顗編選 . -- 初
版 . -- 臺北市 : 卯月齋商行 ; 臺南市 : 臺南市政
府文化局 , 2022.12　面 ;　公分 . -- (臺南作
家作品集 . 第十二輯 ; 75)
ISBN 978-626-95663-1-0（平裝）
863.55　　　　　　　　　　　111020515

作　　者｜粟耘 著，謝顗　編選
總　　監｜葉澤山
督　　導｜陳修程、林韋旭
編輯委員｜王建國、李若鶯、陳昌明、陳萬益、廖淑芳
行政編輯｜何宜芳、陳慧文、蔡宜瑾

總 編 輯｜林廷璋
內頁排版｜鳥石設計
封面設計｜陳文德

出　　版
卯月齋商行
地　　址｜104001 臺北市中山區中山北路一段 56 巷 2 之 1 號 2 樓
電　　話｜02-25221795
網　　址｜https://enka.ink
服務信箱｜enkabunko@gmail.com

臺南市政府文化局
地　　址｜永華市政中心：70801 臺南市安平區永華路 2 段 6 號 13 樓
　　　　　民治市政中心：73049 臺南市新營區中正路 23 號
電　　話｜06-6324453
網　　址｜https://culture.tainan.gov.tw

印　　刷｜合和印刷有限公司
總經銷商｜大和書報圖書股份有限公司
法律顧問｜華洋法律事務所　蘇文生律師

定　　價｜**新台幣 360 元**
初版一刷｜2022 年 12 月

GPN ｜ 1011102157 ｜ 臺南文學叢書 L152 ｜ 局總號 2022-694